〖中华诗词存稿·名家专辑〗

中华诗词学会 编

融斋诗联

张 继 著

中国书籍出版社

China Book Press

图书在版编目（CIP）数据

融斋诗联 / 张继著 . 一北京 : 中国书籍出版社，
2020.9

（中华诗词存稿）

ISBN 978-7-5068-7993-4

Ⅰ . ①融… Ⅱ . ①张… Ⅲ . ①诗词－作品集－中国－
当代②对联－作品集－中国－当代 Ⅳ . ① I217.2

中国版本图书馆 CIP 数据核字 (2020) 第 177406 号

融斋诗联

张继 著

责任编辑	毕 磊	
责任印制	孙马飞 马 芝	
封面设计	采薇阁	
出版发行	中国书籍出版社	
地 址	北京市丰台区三路居路 97 号（邮编：100073）	
电 话	（010）52257143（总编室）（010）52257140（发行部）	
电子邮箱	eo@chinabp.com.cn	
经 销	全国新华书店	
印 刷	北京虎彩文化传播有限公司	
开 本	710 毫米 ×1000 毫米 1/16	
字 数	160 千字	
印 张	11.5	
版 次	2020 年 11 月第 1 版 2020 年 11 月第 1 次印刷	
书 号	ISBN 978-7-5068-7993-4	
定 价	118.00 元	

作者简介

张继，字续之，号四融斋主。1963年7月出生于河南。现为全国政协委员、中国书法家协会理事、中国书法家协会隶书委员会副主任、中国文艺志愿者协会副主席、国家一级美术师、中国人民革命军事博物馆艺术委员会副主任等。作品曾在全国书法篆刻展中多次获奖，并长期担任全国书法篆刻展评委。出版理论专著及诗、书、画、印作品专集多种。曾获"全国德艺双馨青年文艺家""全国德艺双馨书法家""兰亭七子""中国十大青年书法家""兰亭诸子""林散之奖"等荣誉，并获"2013-2014双年度全国书法十大人物""2018中国书画十大年度人物"。

总　序

　　我们这个诗歌大国有一个很好的传统,历来注重"采诗"、搜集整理诗歌材料。作为唯一的全国性诗词组织的中华诗词学会,自1987年5月成立以来,就十分重视这项工作。学会每年的学术研讨会和历届"华夏诗词奖",都出版论文集和获奖作品集。纪念学会成立二十年、三十年时,还专门编辑出版了《大事记》《论文选集》《诗词选集》。《中华诗词》创刊以来,每年都制作年度合订本。2007年5月,在北京天识东方文化艺术传播有限公司的资助下,以近代以来诗词创作、诗词理论、诗词运动重要文献汇编,当代名家个人作品专集等为主要内容,出版了《中华诗词文库》。经过十来年的编辑整理,已经出了近百卷。这些诗集、文集的出版,记录了近百年来尤其是改革开放四十多年来,中华诗词从起步、复苏走向复兴的砥砺前行的历程,为近、当代诗歌史的撰写准备了丰富的资料。

　　党的十八大以来,中华民族优秀传统文化重新受到应有的重视。习近平总书记《念奴娇·追思焦裕禄》词和《军民情》七律的相继发表,引领中华大地诗潮滚滚而来。《中共中央关于繁荣发展社会主义文艺的意见》和中办、国办《关于实施中华优秀传统文化传承发展工程的意见》,都明确提出"加强对中华诗词、音乐舞蹈、书法绘画、曲艺杂技和历史文化纪录片、动画片、出版物等的扶持。"国家教育部组织制定由中华诗词学会起草的新中国语言体系中的新韵书《中华通韵》已经通过国家语言文字工作委员会语言文字规范标准审定委员会审定，即将颁布全国试行。这些都使我们真切地感受到，中华诗词的春天真的到来了。诗人们乘着骀荡春风，正以高昂的激情，书写着中华民族伟大复兴的新时代、新史诗，国家富强、民族振兴、人民幸福的中国梦；正以与人民同呼吸、共命运的诗人之心，对人民的欢乐、人民的忧患、人民的情怀给以诗意的表达；正以"美"或"刺"的诗人之笔，对市场经济大潮中人民对幸福生活的期待，对美好未来的希望，对假丑恶的深恶痛绝，或给以方向，或给以赞美，或给以鞭挞。正如习近平总书记所指出的："好的文艺作品就应该像蓝天上的阳光、春季里的清风一样，能够启迪思想、温润心灵、陶冶人生，能够扫除颓废萎靡之风。"

当前，传统诗词创作者和诗词爱好者队伍发展迅速，已超过三百万。每天创作的诗词作品超过唐诗、宋词、元曲的总和。诗词评论研究队伍也成长很快，诗词评论、诗词学、诗词创作理论研究成果丰硕。如何从浩如烟海的诗词作品中"淘"出优秀作品，并使之存下来、传下去，如何使诗词研究理论成果"面世"并发挥应有的指导作用，确实是摆在我们面前的无可回避的一个重要课题。中华诗词学会是一个没有国家编制，没有国家拨款的社会团体，事业的运转主要靠社会赞助和会员费支撑。俊识（北京）文化传媒有限公司总经理吕梁松、北京采薇阁总经理王强，两位一直是对中华传统文化情有独钟的热心人，慷慨解囊，愿意同中华诗词学会一起，搜集整理编辑推出《中华诗词存稿》这套书，共同为中华诗词文化的继承和发展，做成这件十分有意义的事情。

《中华诗词存稿》主要搜集整理出版三部分内容的资料：一是当代诗词名家的个人作品集；二是当代诗词评论家、诗词学者的学术著作集；三是当代诗词作品、诗词理论学术成果阶段性、专题性、地域性的集成类作品集。诗词作品强调精品意识，沙里淘金，把"有筋骨、有道德、有温度"的优秀诗词作品搜集起来。诗词评论、研究类资料强调理论性和创新性，应具有鲜明的个性特点，具有创建性的见解。集成类的资料应有一定的史料保存价值。总之，做成一套具有当代价值和历史意义的好书。在此，我们编委会人员，向提供资料、筛选编辑、版面设计、校对勘误，包括所有为这套资料付出辛勤劳动的同志们，表示真诚的谢意！

郑欣淼

二〇一九年七月于北京

诗书画印的完美统一（代序）

当代著名书法篆刻家张继完成的《中国书画千字文》创作，是一项重量级的文化工程。作者苦心孤诣积数年之力，用一千个不重复的汉字组合成二百五十句四言诗。对五千年书画发展的历史，作了高度浓缩而又生动精彩的艺术概括。同时以二百五十句，每句十字，计二千五百字作了韵释，再以十万字作了详解。他还用篆隶楷行草五体书法给予表现，并创作数十米绘画长卷，为这些历史巨人传神造像。最后精选上等印材三百方，精心篆刻，使之充满元气淋漓的金石韵味。真可谓心裁独出、前无古人的旷代巨制。

张继生于河南长葛。这方水土的文脉有中国楷书鼻祖钟繇，《诗品》作者钟嵘，在近邻的沈丘还有《千字文》的首创者周兴嗣。据载，周兴嗣奉梁武帝萧衍之命，一夜之内就把王羲之帖中选出的一千个不同的字，编成了"天地玄黄，宇宙洪荒"的《千字文》，它作为最重要的启蒙识字读本，流行至今已有一千五百多年。张继正是深受先辈乡贤的熏沐，一脉相承，发大心愿，乃有此别开生面之力作问世。

作为诗歌来讲，"千字文"的重要特点是不仅不允许有重字，而且还有严格的押韵要求。将一千个独有的汉字，围绕一个中心内容，写成合辙押韵具有声情意象之美的诗歌，已属大难，而张继却一韵到底，不杂他韵，这就难上加难了。

作者以超乎常人的诗才与高度概括的能力，很好地做到了。张继的《中国诗画千字文》经过匠心处理，看起来赏心悦目，古雅典重；读起来金声玉振，一片宫商。如起首十四句："冥宇无际，大帝开天。洪荒终止，结绳纪年。昧愚渐化，庖牺发端。崖刻禽兽，书画一源。制陶勾绘，鬲罐盆瓹。图成史皇，杂色抹染。庶民造字，仓颉梳编。"从盘古开天地的传说说起，到结绳记事、伏羲画卦、崖壁刻勒、庶民造字，以及史皇、仓颉开创书画的文明启蒙成长史，说得清清楚楚，原原本本。《千字文》的结尾十句则云："齐璜名耀，悲鸿破樊。晚熟宾虹，定标于髯。星辰迷漫，晖灿遗产。仰慕峻岭，尤冀巍巇。道昭禹域，光熠人寰。"作者遴选出近百年来最具代表性的齐白石、徐悲鸿、黄宾虹、于右任四位顶级大家加以歌颂，并信心满怀地展望中华民族的艺术之精魂必将如日东升，光照人寰。

　　张继的《中国诗画千字文》，对五千年书画史之发展脉络与流派风格进行了诗意化的表述。一人一事，千斟万酌，反复提炼剪裁，以求公允恰当。在文字的安排上，主要从事实与影响出发，不限于朝代的长短。比如秦始皇在位不过三十六年，统一天下只有十一年。然而他统一文字，推行隶书，刻石名山，产生了极其深远的影响。作者用十二句重笔表之："六国秦并，同文共阐。浑通匀停，丞斯削繁。整饬峄泰，朴质诏版……程邈作隶，使纵趋扁。省便记事，木牍竹简。"突出了秦朝伟大的历史文化之贡献。再如王羲之，作者云："逸少聪悟，卫铄慧眼。奉橘姨母，禊序顶尖。献追父足，法意弘传。"既讲了王羲之的颖悟，还介绍他的老师卫夫人。又对《姨母帖》《奉橘帖》《兰亭序》大加赞赏，并说到其子王献之的成就。对于书圣一门的师承家学作了充分的评价，可谓详其所当详，略其所必略。史家笔墨，固应如是。唐宋两代文化昌明，人才星灿，作者则分别用三十二句和三十句加以概括。关于唐代，首言"鼎世王倡，施措越前"强调唐太宗爱书法，立书学书官，造就了一代书风。"祭侄撼魄，争座比肩"则是对颜真卿二帖的特殊赞美。关于唐代画风之盛，则以"阎祖显旺，立本步辇。曹衣吴带，尉迟突感。思训携家，展述游览。摩诘辟径，驰誉辋川。骏骥霸幹，绮罗昉萱。韩滉牛五，韦偃马千。卓歇胡瓌，翎羽稷鸾"历述了唐代主要画派的代表人物及其画作，神光离合，昭昭在目。宋代名家则首推苏黄，如云"苏轼振耳，食诗数三"，"砥柱廉蔺，涪翁锋锐"强调东坡的《寒食帖》为行书第三。山谷的《砥柱铭》，笔锋锐气，雄霸一代。清朝亦文风昌盛，继轨唐宋，作者用二十余句表之。"乾隆降旨，秘籍琨璇"表彰他编著法帖之功。对于前朝四僧，中期八怪以及洋画家郎世宁的贡献，也作了确当的评价。如云"称颂释子，涛耷仁残"，"洋郎合璧，燮梦篁园。聘翔勉鳝，膺撰贞岊。任颐虚谷，魅力蕴含"，皆精练允当，独具只眼。

《中国书画千字文》可以说是一部用韵文写成的千年书画史。它要言不烦，精光四射，韵律悠扬，充满了诗歌的芬芳，翰墨的神韵，丹青的精彩以及金石的斑斓。同时，该文还是一部汇通诸艺，涵纳古今，闪烁着华夏文明奇光异彩的杰作。作者又用诸体书写，辅之以丹青造像、金石篆刻，真正达到了诗书画印的完美统一。因而赋予了它一种海涵山负的厚重感与贯串古今的时空意识，以及直切当下的现代情怀。这是一项激活传统、继雅开新的了不起的文化工程。我们要感谢作者，是他孜孜汲汲，年复一年，以取经者的虔诚，筑城者的坚毅，天才艺术家的灵性和执着，为我们的民族文化构建了一座时代的丰碑。最后以一首小诗为这篇序文作结：

华夏文明万古长，五千年史纪辉煌。
曹衣吴带丹青妙，坦腹笼鹅逸少狂。
两宋三唐花似锦，四僧八怪笔如芒。
奇才更有张郎继，尺二兼毫倒海江。

周笃文于云山别业
（作者为当代著名学者、诗人，中华诗词学会顾问）

目　　录

中国书画千字文

按朝代论书画阐释演变
各时期代表者基本呈现
为节奏便诵读一韵到底
拟古人千言文重字不见

冥宇①无际，大帝②开天。
洪荒③终止，结绳④纪年。

【韵释】

在远古大宇宙冥茫无边，盘古帝挥神斧辟地开天。

混沌状洪荒世最终结束，以绳结表心迹记事纪年。

【详解】

① 冥宇：指昏暗的宇宙。

② 大帝：指盘古大帝。传说在天地还没有开辟以前，宇宙就像是一个大鸡蛋的形状混沌一团。盘古就是诞生在这个大鸡蛋中的巨人，他在里面一直酣睡了约一万八千年，醒来后发现周围漆黑一片。于是盘古手持大神斧向黑暗劈去，一声巨响，千万年的黑暗混沌被搅动了。其中又轻又清的东西慢慢上升并渐渐散开，变成蓝色的天空；而那些厚重混浊的东西慢慢下降，变成了脚下的土地。

③ 洪荒：指混沌初开，生灵万物俱无。

④ 结绳：指在文字产生之前人们用来纪年、记数、记事的方法。汉代学者郑玄为《周易》作注解时曾有："事大，大结其绳；事小，小结其绳。"古人为了记住一件事，就在绳子上打一个结，以后看到这个结，就会想起那件事。如果要记住两件事，就打两个结；记三件事，就打三个结，以此类推。但如果打结太多，恐怕难以记事，看来此法虽简单但却不可靠。

昧愚渐化，庖牺①发端。
崖刻禽兽②，书画一源③。

【韵释】

　　从愚昧经野蛮渐趋理性，伏羲氏创八卦文字发端。
古岩壁刻禽兽粗放质朴，书之态画之形同出一源。

【详解】

　　① 庖牺（生卒年未详）：即伏羲氏，风姓，又称宓羲、包牺、伏戏、牺皇、皇羲、太昊。生于陇西成纪（今甘肃天水市），约处旧石器时代中晚期。在中国古代有"三皇"之说，即"天皇、地皇、人皇"，伏羲为三皇之一。中华大地经过三皇的辛勤努力，文明程度有了很大进步，但人们的生活依然艰难。伏羲氏开始教人们用绳子结网去捕猎，这比此前用木棒、石器打猎好很多。不但陆地上的走兽，包括天上的飞鸟及水里的游鱼，都可以射杀与捕捉。捕来的鸟兽，多半是活的，一时吃不完，还可以养着以后吃，这样，人们又学会了饲养。伏羲氏还根据天地万物的变化，创造了八卦，这是中国最早的计数文字，结束了"结绳记事"的历史。伏羲的诞生地天水素有"羲皇故里""龙城天水"之称，是中华古文明的重要发祥地之一。

　　② 崖刻禽兽：指中国古代岩画，是古代凿刻或绘制在山崖岩壁上的图画。其内容非常丰富，既有日月星辰、原始数码，也有手印、足印、车辆、车轮，还有舞蹈、狩猎、战争等图形，形态稚拙粗犷，浑然而多变。有的似图又似文，既有象形的成分，也有表意的功能，可以说是一种抽象的图画符号。中国岩画的发现见之于古典文献中非常早，公元前三世纪战国时期《韩非子》

就记录有脚印岩画之事。公元五世纪北魏时期地理学家郦道元的《水经注》，则是目前有关岩画著述最早、最为翔实的一部中国古书。中国岩画大致可以分为南北两大系统，北方草原游牧民族岩画分布最为密集，南方岩画则主要分布在云南、四川、贵州、广西等地区。

　　③ 书画一源：意即书画同源。从目前所发现远古留下的刻画遗存来看，多是对一些具体物象的简单、粗略描绘。无论是古代岩画或是陶器上都有此类图像，它们比最早成熟的象形文字——甲骨文要早很多。一方面，随着人们观察能力、思维能力、表现能力的提高，这些图像开始向比较稳定的点线符号演变，最终形成文字，从而产生了书法艺术；另一方面，这些图像渐渐趋于完善、准确、复杂，再经过无数代人的创新发展，从而成就了独具东方气韵的中国绘画艺术。

制陶勾绘①，鬲②罐③盆④甗⑤。

图成史皇⑥，杂色抹染。

【韵释】

陶器成且勾勒稚拙淳厚，或餐具或用具鬲罐盆甗。

据世传绘图画始于史皇，以诸色加装饰五彩斑斓。

【详解】

① 制陶勾绘：陶器的产生，考古学家一般认为：在旧石器时代，人们通过长期观察，发现经过烧制的泥土不仅更加坚硬，而且遇水不易变形。因而受到启发，将泥土制成器皿，放在火上进行较长时间的烘烤，从而掌握了制陶技术。随着技术的进步，出现了　在陶坯上彩绘花纹或图案，然后再烧制而成的彩陶。分布在渭水和泾水流域一带的老官台文化（距今七千至八千年）已有绘着简单纹样的彩陶，这是迄今为止发现最早的彩陶。

② 鬲：是古代炊具，形状像鼎而足部中空。

③ 罐：又叫罐子，是盛东西用的大口器皿，具有密封效果，用于储藏食物。

④ 盆：专指用来盛放物品的钵状容器，其形状比钵大，称为盆。

⑤ 甗：是中国先秦时期的蒸食用具，可分为两部分，下半部是鬲，用于煮水，上半部是甑。两者之间有一层带孔的是箅，用来放置食物，可通蒸汽。

⑥ 史皇：黄帝时期的传说人物，史皇与仓颉皆古圣人。仓颉造书，史皇制画。

庶民^①造字，仓颉^②梳编。

象形依类，魍嚎妖癫^③。

【韵释】

依万物参万象平民造字，且收集且利用仓颉整编。

以象形为基础分门别类，惊天公震鬼魂传颂民间。

【详解】

①　庶民：指平民百姓。

②　仓颉：陕西省渭南市白水县人。《说文解字》记载：仓颉是黄帝时期造字的史官，被尊为"造字圣人"。

在中国古代，有仓颉造字的传说。司马迁、班固开始把仓颉说成是"黄帝之史官"。黄帝，是传说中的"三皇五帝"之一，与炎帝一同被称为中华民族的祖先，所以我们后人也被称为"炎黄子孙"。史官，就是掌管文书典籍的官员。相传黄帝发现仓颉非常有能力，让其主管的事情越来越多，仅凭结绳记事的方法已不能解决太多问题。一日，仓颉参加集体狩猎，当众人走到三岔路口时，有人坚持往东，说有羚羊；有人坚持往北，说有鹿群；有人偏要往西，说有老虎。仓颉询问，原来他们都是看着地上野兽的脚印认定的。仓颉心中猛喜，既然一种脚印代表一种野兽，为什么不能用一种符号来表示一种事物呢？于是他开始创造各种代表符号。黄帝知道后，大加赞赏，命令仓颉到各个部落去传授这种方法。渐渐地这些符号的用法推广开来，形成了文字。文字的发明是人类进入文明时代的重要标志。有了文字，人们生活劳动的经验就可以记录下来，人类的精神文明也被发扬光大。事实上，文字的诞生不可能是一个人独自创造出来的，它应该是广大人民在长期生产生活中智慧的结晶，可谓"庶民造字"，仓颉更多的是进行了归纳与梳理。

③ 魍嚎妖癫：相传仓颉造字，震惊上帝，天下粟雨，妖魔号啕。唐代张彦远《历代名画记》中说："颉有四目，仰观垂象。因俪乌龟之迹，遂定书字之形，造化不能藏其秘，故天雨粟；灵怪不能遁其形，故鬼夜哭。"意即仓颉造字成功后，民智日开，天地造化再也不能隐藏其奥妙，所以白日竟下粟如雨。鬼怪精灵们再也不能隐遁他们的形迹，所以夜间鬼哭妖嚎。

殷墟甲骨①，契痕深浅。

工趣筑构，错落为篇。

承载万物，毫颖②砚田③。

【韵释】

　　甲骨文出土于殷商遗址，其刻痕有粗细也有深浅。

　　亦工稳亦情趣处理结构，有错落有疏密布局浑然。

　　漫漫乎煌煌乎载录历史，软硬毫长短锋笔砚在先。

【详解】

　　① 殷墟甲骨：指殷商时期的甲骨文。

　　甲骨文是以象形为基础，锲刻在龟甲和兽骨上的文字，是中国已知最早成体系的文字形式。它上承原始刻绘符号，下启青铜铭文，是汉字发展的关键形态，可以说，现代汉字即是由甲骨文演变而来的。甲骨文的发现很偶然。1899 年，北京时任清朝国子监祭酒的王懿荣得了病，他派人到宣武门外菜市口达仁堂买了一剂中药。王懿荣无意中看到其中一味叫龙骨的上面刻画着一些符号。龙骨是古代脊椎动物的骨骼，上面怎么会有刻画的符号呢？这使他很好奇，由此甲骨文得以问世。

　　甲骨文绝大部分发现于河南省安阳市西北小屯村、花园庄、侯家庄等地。这里曾经是殷商后期中央王朝都城所在地，所以被称为殷墟。由于甲骨文是用刀刻成的，而刀有锐有钝，骨质有细有粗，有硬有软，所以刻出的笔画粗细不一，甚至有的纤细如发，笔画的连接处又有剥落，浑厚粗重。结构上，长短大小均无一定，或是疏疏落落，参差错综；或是密密层层，严整庄重，显出古朴多姿的无限情趣。甲骨文结体上虽然大小不一，错综变化，但已具有对称、稳定的格局，已具备了书法的三个要素，即用笔、结字、章法。中国书法，严格讲是由甲骨文开始的。

甲骨文被发现之后，引起了学术界的轰动。到1908年，学者罗振玉派遣自己的亲属到河南安阳的小屯村一带求购，又亲自前往安阳进行实地考察。他先后共搜集到近两万片甲骨，于1913年精选出两千多片编成《殷墟书契》，为甲骨文的研究奠定了基础。继罗振玉之后，许多著名学者都进行了卓有成效的考释和研究，形成了一门专业的学问——甲骨学。其中罗振玉、王国维、郭沫若、董作宾并称为"甲骨四堂"，被誉为甲骨学研究的一代宗师。

截至2012年，共发现有大约十五万片甲骨，四千五百多个单字。这些甲骨文所记载的内容极为丰富，涉及商代社会生活的诸多方面，不仅包括政治、军事、文化、社会习俗等类别，而且涉及天文、历法、医药等科学技术。从甲骨文已识别的约两千五百个单字来看，它包括了"象形、会意、形声、指事、转注、假借"等造字方法，展现了中国文字的独特魅力。

② 毫颖：毛笔尖，这里指毛笔，是一种源于中国的传统书写工具，也逐渐成为传统绘画工具。毛笔是汉族人民在生产实践中发明的，是世界艺术宝库中的一件珍宝。几千年来，它为创造民族光辉灿烂的文化，为促进汉民族与世界各民族的文化交流，作出了卓越的贡献。

③ 砚田：即砚台，亦称为研，汉族传统手工艺品之一。砚与笔、墨、纸合称为中国传统的文房四宝，是中国书法的必备用具。

汉代刘熙《释名》中解释："砚者研也，可研墨使和濡也。"它是由原始社会的研磨器演变而来。初期的砚，形态原始，是用一块小研石在一面磨平的石器上压墨丸研磨墨汁。至汉时，砚上出现了雕刻，有石盖，下带足。魏晋至隋出现了圆形瓷砚，由三足而多足。箕形砚是唐代常见的砚式，形同簸箕，砚底一端落地，一端以足支撑。唐宋时，砚台的造型在使用中得到了多样化的发展。

砚材的运用也极为广泛，其中以广东肇庆的端砚、安徽歙县的歙砚、甘肃洮州的洮河砚、山西绛县的澄泥砚最为突出，称为"四大名砚"。

青铜雕铸①，饕餮②壮观。

毛③盂④墙⑤散⑥，凸识凹款。

戈⑦矛⑧钟⑨铃⑩，尊⑪卣⑫匜⑬盘⑭。

【韵释】

商周期青铜器雕铸精良，饕餮纹甚华蔚为壮观。

毛公鼎大盂鼎墙盘散氏，凸为识凹为款神采非凡。

觅铭文戈矛钟兵器乐器，考酒具尊卣角水具匜盘。

【详解】

① 青铜雕铸：指中国古代青铜器。中国青铜器时代，包括夏、商、周、春秋及战国早期，延续时间一千六百余年。青铜器是由青铜制成的器具，它的主要成分是红铜与锡。刚生产出来时颜色是漂亮的黄金般土黄色，因为埋在土里生锈才一点一点变成绿色。由于青铜器完全由手工制造，所以没有任何两件是完全一样的。

中国青铜器之乡陕西省宝鸡市，出土了大盂鼎、毛公鼎、散氏盘等五万余件青铜器。中国唯一以青铜器为主题的博物馆就是"宝鸡青铜器博物院"，它的建立被称为中国青铜器收藏史上的一个里程碑。

② 饕餮：传说中龙的第五子，是一种存在于传说、想象中的神秘怪兽。《山海经》介绍其特点是：状如羊身人面，其目在腋下，虎齿人爪，音如婴儿。古代钟鼎彝器上多刻其头部形状即饕餮纹作为装饰。

③ 毛：指毛公鼎，是西周晚期青铜器。清道光末年出土于陕西省宝鸡市岐山县，现藏台北故宫博物院。毛公鼎通高近五十四厘米，重三十四点五公斤，大口圆腹。腹内铸大篆铭文

三十二行，共四百九十七字，是至今所见最长的一篇青铜器铭文。其内容记载了周宣王为中兴王室，革除积弊，策命重臣毛公，要他忠心辅佐周王，以免遭丧国之祸，并赐给他大量物品。毛公为感谢周王，特铸鼎记其事。毛公鼎是研究西周历史的重要文献和实物。

毛公鼎铭文书法是成熟的西周金文即钟鼎文风格，其气象浑穆，奇逸飞动，表现出高超的形式美感，被历代视为经典名作和书法瑰宝。

④ 盂：指大盂鼎，是西周早期青铜器。清道光年间出土于陕西省宝鸡市眉县，现藏中国国家博物馆。大盂鼎高约一百厘米，口径七十八点三厘米，重一百五十三点三公斤。内壁有大篆铭文二百九十一字，内容为康王向盂叙述周文王、周武王的立国经验，并赐盂命服、车马、酒与邦司、人鬲等。大盂鼎铭文是史家研究周代分封制和周王与臣属关系的重要史料，一向为史学家所重视。

其书法体势严谨，质朴平实；用笔方圆兼备，具有端严凝重的艺术效果。以书法成就而言，大盂鼎是西周早期金文书法的代表作。

⑤ 墙：指墙盘，1976 年出土于陕西省宝鸡市扶风县。现藏于宝鸡青铜器博物院。墙盘体形巨大，腹和圈足分别饰凤纹和兽体卷曲纹。墙盘内底有大篆铭文二百八十四字，前段颂扬周王的功绩，后段记叙微氏家族的事迹，是研究西周历史和金文的重要资料。其铭文字形均匀疏朗，端庄而不呆板，活泼而不流媚。笔势流畅，有后世小篆笔意。

⑥ 散：指散氏盘，清康熙年间出土于陕西凤翔，经多人收藏之后，于 1809 年嘉庆皇帝五十岁寿辰之际，由江南盐运使阿林保进贡内务府。散氏盘现存台北故宫博物院。盘内有大篆铭文

三百五十七字，记载西周晚期的土地契约，是研究西周土地制度的珍贵史料。散氏盘书法风格粗犷遒劲，是学习金文的极好范本，与《毛公鼎》《大盂鼎》并称为金文瑰宝。

⑦　戈：中国先秦时期一种主要用于勾、啄的格斗兵器，流行于商至汉代。原为长柄，平头，刃在下边，可横击，又可用于勾杀，后因作战需要和使用方式不同，分为长、中、短三种。

⑧　矛：兵器名，是古代用来刺杀敌人的进攻性武器。长柄，有刃，始于周代或周代以前。

⑨　钟：指编钟，是中国古代的一种打击乐器，盛行于青铜时代。其质料坚实，耐腐蚀，至今虽历经两三千年，仍能留下古代真实的音响。此外它还是象征地位和权力的礼器。

⑩　铃：古代铜制响器和乐器。形体似钟而小，腔内有铜舌，摇之发声。

⑪　尊：今作樽，是中国古代的一种大中型盛酒器，盛行于商代至西周时期，春秋后期已经少见。较著名的有四羊方尊。

⑫　卣：是在商代和西周时期较多使用的酒器。从外观上看大部分是圆形、椭圆形，底部有脚。

⑬　匜：是中国古代贵族举行礼仪活动时浇水的用具，由专人将它盛满水，然后慢慢倾斜，使水从缺口处缓缓流出。

⑭　盘：一般指圆形的大型碟皿，商周时期宴前饭后行沃盥礼之用，至战国以后演变为洗。

鼓碣篆籀①，曲直盈满。

呈像堂墉②，尧舜置先。

帛写凤夒③，御蛟须男④。

【韵释】

石鼓文称猎碣篆籀遗迹，体规整线曲直浑穆饱满。

商周期现壁画宫堂锦绣，尧舜容桀纣像善恶分显。

缋帛画甚精湛凤夒美人，胡须男驭巨龙勾线劲圆。

【详解】

① 鼓碣篆籀：指石鼓文，系秦刻石文字。石鼓是鼓形的石头，唐代初期出土于天兴三畤原（今陕西省宝鸡市凤翔三畤原），原石现藏于北京故宫博物院。共十个，每个高二尺，直径一尺多，上面分别刻有四言诗一首，内容记述秦国君游猎，故又称"猎碣"。因被弃于陈仓原野，也称"陈仓十碣"。石鼓文比金文规范、严整，但仍在一定程度上保留了金文的特征，它是金文向小篆发展的一种过渡性书体。据传在石鼓文之前，周宣王时太史籀曾经对金文进行改造和整理，著有大篆十五篇，故大篆又称"籀文"。

石鼓文对后世的书法艺术有着重大影响，被历代书家视为学习篆书的重要范本，故有"书家第一法则"之称誉。不少杰出的书画家如杨沂孙、吴大澂、吴昌硕等都长期研究石鼓文艺术，并将其作为重要养分，融入自己的创作中。

② 呈像堂墉：指在堂壁上作画。据文献记载，我国最早的宫室壁画出现在商代。《说文反质篇》引《墨子》佚文说，殷商时期"宫墙文画"，"锦绣披堂"。当时人们居住的房舍内，墙壁上刮有一层石灰，人们即在石灰之上绘制图画。到了周朝，绘

画工具比商代有所进步，颜色也更加丰富，多为一些有机矿物质颜料。《孔子家语》中载录："孔子观乎明堂，睹四门之墉，有尧舜之容，桀纣之像，而各有善恶之状。"此外还有周辅成王召见诸侯的图像。到了春秋战国时期，壁画范围不断扩大，不仅公卿祠堂及贵族府邸以壁画装饰，就连一些士大夫的住室也有了壁画的踪迹。这一时期的壁画题材更加丰富，不仅包括神话传说，而且有了历史故事。

③　凤夔：指《凤夔美女》帛画，春秋时期作品，是我国目前所见到最早的帛画。此画高二十八厘米，宽二十厘米。1949年于湖南长沙陈家大山战国楚墓中出土。由于丝织物在古代为"帛"，在帛上作的画就被称为帛画。

此帛画中的凤，位于画面中美女的头顶，它双翅展开，大有引颈腾飞之意。画面左上方酷似蛇的动物是"夔"，它是古代传说中一种奇异的动物。在这两兽之下站立着一细腰美女，双手从宽大的衣袖中伸出，做合掌状，好似在向上苍祈祷。此画虽年代久远，仍隐约可见画中女子的袖口和裙摆上用曲线做装饰的花纹。

对于这幅画的内容大多数人认可郭沫若先生的解释：凤鸟象征生命和善美，夔象征死亡和邪恶。画中凤与夔在斗争，最终善美战胜了邪恶，生命战胜了死亡，和平战胜了灾难，是对生命的歌颂，是对和平的歌颂。画中善良的女子在祈祷凤鸟要取得胜利。

④　御蛟须男：指《人物御龙》帛画，战国时期作品。蛟，即蛟龙。该帛画1973年在长沙子弹库出土。图中一男子有胡须，侧身立，神情潇洒，高冠长袍，腰佩长剑，手执缰绳，御一巨龙。龙尾翘起，龙身呈舟形，似冲风扬波。人物上方有舆盖，飘带随风拂扬，左下角有鲤鱼，似龙舟前导。此图以单线勾勒和平涂渲染兼用的画法完成。

六国秦并，同文共阐^①。

浑通匀停，丞斯^②削繁。

【韵释】

齐楚燕韩赵魏秦皇归并，书同文意同解施政攸关。

笔匀浑气婉通新体行世，李斯丞作小篆删繁就简。

【详解】

　① 六国秦并，同文共阐：秦统一六国前，诸侯国各自为政，各自使用本国文字。由于文字形体混乱，这给政令的推行和文化交流造成了严重障碍。因此在统一六国后，秦始皇即把统一文字作为当务之急，令丞相李斯、中车府令赵高和太史令胡毋敬等人，对文字进行整理。李斯等人即以秦国文字为基础，并参照六国文字，创造出一种新字体，称为"秦篆"，又称"小篆"，这是相对于"大篆"而言的。小篆作为官方规范文字，同时废除其他异体字。此时民间已有隶书，也叫"隶字""古书""古隶"。这是在篆书基础上，为适应书写便捷而产生的字体。这两种形体的文字均在全国推广，但小篆作为秦朝标准文字，隶书作为日用文字。皇帝诏书和官方正式文本一般用小篆书写，非官方文本则用隶书抄写。

② 丞斯：即丞相李斯。李斯（约公元前284年—公元前208年），字通古，秦代著名政治家、文学家和书法家，楚上蔡（今河南上蔡西南）人。他年轻时在乡村做过管理文书的小官，后来，随荀卿学习，担任廷尉。在秦始皇统治期间，李斯以杰出的政治远见和卓越才能，被任命为丞相。他奉皇帝之命整理并主张以小篆为标准字体，对文字统一起到了极其重要的作用。当时，人们对小篆还不熟悉，李斯就和赵高、胡毋敬等人书写《仓颉篇》《爰历篇》和《博学篇》等范本，供大家临摹。

秦始皇曾先后五次巡行天下郡县，其中四次巡行中，都命李斯刻石记功，有《峄山刻石》《泰山刻石》等七通。

整饬峄①泰②，朴质诏版③。
陵寝④豪奢，阿房⑤斑斓。

【韵释】

讲严整两刻石峄山泰山，论质朴最著称当推诏版。

秦陵殿珍宝器超豪绝艺，阿房宫极奢华名绘万千。

【详解】

① 峄：指《峄山刻石》，是秦始皇出巡峄山（今山东邹县东南）时所刻。刻石高二百一十八厘米，宽八十四厘米，共十五行，满行十五字，碑文为李斯所书。其笔画略细而匀整，且多用圆笔，字体呈方形，表现出圆浑流丽之风格。《峄山刻石》是小篆的代表作，现存于邹城市博物馆。

② 泰：指《泰山刻石》，传为李斯所书。原刻石立于泰山玉皇顶南沿下碑亭处，明嘉靖三十八年（1559年）以后，流落碧霞元君祠西墙外的玉女池旁。此后祠遭火灾，石佚。至清嘉庆二十年（1815年）春，由蒋因培等人在玉女池中觅得残石两块，尚存"斯臣去疾昧死臣请矣臣"十残字。后几经磨难，残石现存泰安岱庙内。其书法用笔精美，气魄宏大，简洁明快，端庄雄伟，又有秀丽之气。

③ 诏版：即秦诏版，青铜刻。古时帝王下诏书，将诏书内容刻在金属版上称为"诏版"。"秦诏版"就是秦始皇为了落实经济政策中的统一度量衡而颁发的文告，命丞相将其刻于铜诏版上。这一举措，对当时刚刚建立的统一的多民族专制主义中央集权制国家，有着积极的意义。秦诏版刻字，风格大体接近于东巡刻石，但因金属的坚硬性质，镌刻时曲圆婉通的笔调已经走样，不及石刻、木刻那样流畅，但仍不失为学习秦篆的珍贵资料。

④ 陵寝：指秦始皇陵殿。秦始皇陵是中国历史上第一个皇帝嬴政（公元前259年—公元前210年）的陵墓，位于中国北部陕西西安临潼区城东五公里处的骊山北麓。建于公元前246年至公元前208年，历时三十九年，是中国历史上第一个规模庞大、设计完善的帝王陵墓。

秦始皇陵地下宫殿是陵墓建筑的核心部分，其规模之大、设计之精、珍宝之多、内涵之丰富堪称世界之首。充分表现了两千多年前我国劳动人民巧夺天工的艺术才能，是中华民族的宝贵财富和骄傲。

⑤ 阿房：指阿房宫。秦始皇在消灭六国，建立秦帝国以后，在都城咸阳大兴土木，建宫筑殿，其中所建宫殿规模最大的就是阿房宫。据《史记秦始皇本纪》记载："前殿阿房东西五百步，南北五十丈，上可以坐万人，下可以建五丈旗，周驰为阁道，自殿下直抵南山，表南山之巅以为阙，为复道，自阿房渡渭，属之咸阳。"阿房宫大小殿堂七百余所，其规模空前，气势宏伟，景色蔚为壮观。1994年联合国教科文组织实地考察，确认阿房宫遗址建筑规模和保存完整程度，在世界古建筑中名列第一，属世界奇迹和著名遗址之一，被誉为"天下第一宫"。

程邈^①作隶，使纵趋扁^②。

省便记事，木牍竹简^③。

郭店^④长沙^⑤，武威^⑥居延^⑦。

【韵释】

程元岑在狱中规范隶字，其体态由竖式趋于平扁。

为便捷图省易呈文记事，以宽木书成牍制竹为简。

郭店简长沙简韵致犹存，武威简居延简法意昭然。

【详解】

① 程邈（生卒年未详）：字元岑，秦下邽（今陕西省渭南东北）人。程邈是秦朝的一个小官，曾当过县狱吏，负责文书一类的差事，后因罪被关进了云阳狱中。当时正值秦始皇推行"书同文"政策，以小篆为全国统一文字。用小篆写公文固然比以前方便许多，但仍不利于速写。为求赦免，程邈决定创造一种便于书写的新字体。事实上，正如前所说，任何一种字体的诞生都不可能是一个人独立完成的，它必然是广大人民集体智慧的结晶。程邈在狱中整理出三千字上奏，得到秦始皇赞同，不仅赦免了他的罪过，还受到重用。后来人们把程邈编纂整理的文字叫隶书，就是所谓的"秦隶"。唐张怀瓘《书断》中说："按隶书者，秦下邽人程邈所作也。"

② 使纵趋扁：隶书字体从篆书变化而来，由过去的纵式向横式发展。字形变圆为方，变长为扁，笔画改曲为直。隶书的出现，是我国文字史以及书法史上一次重大变革，逐渐成为占统治地位的官方字体。从此，我国文字告别了延续三千多年的古文字，进入了今文字时期。

③ 木牍竹简：即简牍，是对我国古代遗存下来的写有文字的竹简与木牍的统称。用竹片写的叫"简策"，用木片写的叫"版牍"。通常情况下，颁布诏书律令的长三尺，约六十七点五厘米；抄写经书的长二尺四寸，约五十六厘米；民间写书信的长一尺，约二十三厘米。"简牍"是我国古代最早的书籍形式。

简牍书法用笔藏露兼用，尤其是波画，因藏中寓露，给人一种厚重而飞动，端庄而灵巧的美感。其方折笔法，使字的结体造型棱角分明，颇有雄健之感。结体上左收右放，个别竖画拖长、夸张，有很强的艺术表现力。

④ 郭店：指郭店楚简。1993 年 10 月，在湖北省荆门市郭店村发掘出楚国竹简，共八百零四枚，为竹质墨迹。其中有字简七百三十枚，共计一万三千多个楚国文字。楚简包含多种古籍，其中两种是道家学派的著作，其余多为儒家学派的著作。所记载的文献大多为首次发现，被鉴定为国家一级文物。郭店楚简的文字是典型的楚国文字，而且典雅、秀丽，是当时的书法精品。它的发现，对于研究中国哲学、古文字学、简册制度和书法艺术等，都提供了可贵的资料。

⑤ 长沙：指《长沙马王堆汉简》。1972 年至 1973 年在湖南长沙马王堆三座汉墓中出土近一千件竹简，大多是记载随葬物品的"遣册"。其中三号墓出土约两百件医书简，多为养生之道及房中术。根据同时出土的木牍推断其下葬时间为西汉文帝时期。其书风上承《云梦秦简》。从用笔方面看，书写者能随心所欲处理好刚柔关系；结字中宫收紧，四周舒展；章法疏朗有致。堪称书法艺术上乘之作。

　　⑥ 武威：指武威汉简，是甘肃省武威市汉墓中出土的简牍，以其数量多、保存好、内容丰富、史料可贵等独有特点构成中国简牍学重要组成部分。其中仪礼简、王杖简、医药简都被定为国宝级文物。其书法均为汉代通行的隶书，但结体多变，用笔精妙，节奏明快，大多数墨迹如新。

　　⑦ 居延：指居延汉简，出土于甘肃省北部的额济纳河流域之古"居延"地区。在几次发掘中，获数万余枚。古居延地区是驻军屯田之地，故简牍内容涉及政治、军事、日常生活等各个方面。因为是日常实用文书，书写时随意自如，其书法呈现出轻松直率之意。大部分文字形态变化很大，自由奔放，有的若篆若草，浑然一体；有的敦厚朴茂，风韵飘逸，形成了汉代书法艺术绮丽多姿的景象。

蚕头雁尾，左右翩跹^①。

清丽雅秀，礼器^②景完^③。

苍博遒劲，西狭^④张迁^⑤。

【韵释】

头似蚕尾如雁装饰之笔，求波折兼轻重左舒右展。

既清秀亦典雅严谨俊美，代表作礼器碑以及曹全。

笔苍健体宽博意态雄劲，如摩崖西狭颂碑刻张迁。

【详解】

① 蚕头雁尾，左右翩跹：指汉代隶书风格特征。翩跹，轻快起舞的样子。隶书长横回锋起笔，形如蚕头；顿笔收锋，形如雁尾；一波三折，左右舒展，如翩翩起舞。

隶书又称为佐书、史书、八分书等，在东汉时期达到顶峰。东汉隶书刻石所表现出的典雅、庄重、整饬是一种完整的、华丽的美，著名的有《乙瑛碑》《礼器碑》《华山碑》《曹全碑》《张迁碑》《石门颂》等。

② 礼器：指《礼器碑》，是东汉时期重要碑刻，立于东汉永寿二年（156年），现存山东曲阜孔庙。碑身高一百五十厘米，宽七十三厘米，四面皆刻有文字。碑文内容为赞扬韩敕修饰孔庙和增置礼器之事。碑侧及碑阴刊刻捐资立石的官吏姓名及钱数。此碑是汉代隶书的重要代表作之一。书法清劲秀雅，笔画刚健，有一种肃穆而超然的神采，历来被推为隶书极则。清代书法家王澍对此碑备加推崇，赞誉为汉隶第一。

③ 景完：指《曹全碑》，别称《曹景完碑》，是我国东汉时期重要碑刻，立于东汉中平二年（185 年）。碑高约一百七十厘米，宽约八十六厘米，无额，石质坚细。碑身两面均刻有隶书铭文。明万历初年，该碑在陕西合阳县旧城出土。相传在明代末年，碑石断裂，人们通常所见到的多是断裂后的拓本。此碑书法严谨秀丽，用笔柔中寓刚，结字中收外放，左右舒展，飘逸多变。1956 年移入陕西省西安博物馆碑林保存。《曹全碑》是汉代隶书的代表作品，历代书家推崇备至。

④ 西狭：指《西狭颂》，系摩崖石刻，东汉建宁四年（171 年）六月刻于甘肃成县天井山。《西狭颂》与陕西汉中的《石门颂》、略阳的《郙阁颂》同列为汉代书法"三颂"。《西狭颂》宽三百四十厘米，高二百二十厘米，在三大颂刻石中保存最为完整。纵观全篇，其汉代隶书真迹清晰可辨。碑文除记述东汉武都太守李翕的生平和屡任地方行政长官的政绩，主要颂扬了他率领民众开通西狭道路、为民造福之德政。此碑书法结字略显长方，中部宽阔，多含篆意，浑然天成。因是摩崖石刻，字迹粗犷雄强，可谓汉隶上品。

⑤ 张迁：指《张迁碑》，刻于东汉中平三年（186 年），明代出土，现存于山东泰安岱庙。碑高二百九十二厘米，宽一百零七厘米。碑阳五百六十七字，隶书，字径三点五厘米。碑阴刻立碑官吏衔名及出资钱数，共三百二十三字，隶书，字径三点五厘米；碑额题"汉故穀城长荡阴令张君表颂"十二字，意在篆隶之间而屈曲填满，有似印文中缪篆。《张迁碑》碑文记载了张迁的政绩，系故吏韦萌等为追念其功德而立。《张迁碑》是东汉晚期作品，通篇方整劲挺，棱角分明，结构谨严，书风朴茂，章法灵动。初看似乎稚拙，细细品味才见精巧。

蔡邕①厘规，韵致逐减。

慎拓说解②，按部纂典。

【韵释】

蔡邕等书六经厘定规则，态势正法度严神韵逐减。

开拓者汉许慎说文解字，按偏旁分部首编纂字典。

【详解】

① 蔡邕（132—192年）：字伯喈，东汉大文学家、大史学家、大书法家、大音乐家，陈留（今河南省杞县南）人。曾拜左中郎将，故后人也称他"蔡中郎"。后汉三国时期著名才女蔡文姬之父。

东汉灵帝熹平四年（175年），以蔡邕为首上奏皇帝，要求正定六经文字，并将儒家经典以规范隶书书写并刻于石上，让后儒晚学取证临习。这就是蔡邕所书著名的《熹平石经》。此工程巨大，历时九年完成。碑刻立于洛阳太学门外时，每天车骑上千辆，前来观摩，道路为之阻塞。其书法用笔方圆兼备，刚柔相济，结体中规入矩，一丝不苟。书风端美雄健，雍容典雅，但由于相对缺少变化，灵动不足，后学又以此为范本，所以隶书神采渐减，慢慢走向衰退。

② 慎拓说解：慎，指许慎（生卒年未详），汉代文字学家，东汉汝南召陵（今河南漯河）人。举孝廉，历任洨长、太尉阁祭酒，享年八十余岁。拓，开拓之意。说解，指《说文解字》。

　　许慎编著《说文解字》，历经二十一年完成。他根据文字的形体，创立了五百四十个部首，将九千三百五十三字分别归入五百四十部。造字法上提出象形、指事、会意、形声、转注、假借的所谓"六书"学说。《说文解字》是我国最早研究汉字的经典著作，是我们今天研究古文字和古汉语必不可少的资料。唐代规定《说文解字》为学者必修科目，也是开科取士的必考科目之一。中国书法是在汉字基础上发展的艺术，与汉字有着不可分割的依存关系，所以研究《说文解字》对书法有着直接的影响。

涂影廊壁①，塑凿石砖②。

寿③祸美丑，褒④魔冷暖。

【韵释】

绘廊壁故事奇风物神兽，凿图画于坚石塑像于砖。

毛延寿招灾祸因为美丑，刘褒画似着魔使人冷暖。

【详解】

① 涂影廊壁：指汉代壁画。汉代壁画是汉代美术创作中一个极为重要的组成部分。其以宫殿寺观壁画和墓室壁画为主，内容极其丰富，有神话传说、历史故事、人物肖像及山川风物等。佛教传入以后，宗教壁画迅速发展，除墓室壁画外，还大量出现宣传佛教内容的壁画。

② 塑凿石砖：指汉画像石与汉画像砖。它们在造型艺术、题材内容上虽有相同性，但又有许多不同。

画像石是两汉时期用于装饰墓祠、墓室、墓阙等建筑物上的石雕艺术品。其内容大致有社会生活、生产劳动、历史故事、神话传说、舞乐百戏、祥瑞升仙及建筑艺术等。画面主题突出，线条流畅，布局简洁，敢于大胆使用变形手法，形象生动传神，具有极高的艺术价值。是我国艺术宝库中一颗璀璨的明珠。

画像砖起源于战国时期，盛行于两汉。多在墓室中构成壁画，也用于宫室建筑。画像砖主要用木模压印，然后烧制而成，也有的是在砖上刻出纹饰。题材分为画像、文字和花纹等。它是古代绘画和雕塑艺术完美结合的珍品，具有极高的研究价值。

③ 寿：指毛延寿（生卒年未详），汉代宫廷画师，杜陵（今陕西西安）人。汉元帝时"后宫既多，不得常见"，于是就让画师为嫔妃们画像，元帝依此召见。毛延寿画像时，许多宫女因行贿而被美化。王昭君性格耿直，不愿送礼，所以毛延寿故意将她丑化，因此始终未被元帝召见。后来，汉北方少数民族匈奴向汉元帝求婚，希望将一位美女嫁给他们的君王为正妻。王昭君久居深宫，面见圣上无望，积怨甚深，便主动请求离开汉宫到匈奴去和亲。待被召见时才发现其美丽容貌压倒后宫，汉元帝一气之下，杀了毛延寿。

④ 褒：指刘褒（生卒年未详），汉代画家，汉桓帝时官至蜀郡太守。张彦远《历代名画记》引《博物志》说刘褒的艺术才能十分高超，其画如魔，画《云汉图》，人见之觉热，又画《北风图》，人见之觉凉。

芝①等急就，繇②诞③谨严。
平复陆机④，出师幼安⑤。

【韵释】

张伯英皇象等急就成章，钟繇书韦诞字缜密精严。

平复帖陆机作高古奇伟，出师颂索靖笔脱俗超凡。

【详解】

① 芝：即张芝（生卒年未详），字伯英，东汉书法家，今甘肃酒泉人。张芝擅长草书，在当时影响很大，有"草圣"之称。其刻苦练习书法的精神，历史上已传为佳话。晋卫恒《四体书势》中记载他："凡家中衣帛，必书而后练（煮染）之；临池学书，池水尽墨。"后人称书法为"临池"，即来源于此。其书法作品流传于世的极少。其实早在晋代，张芝的书迹就已经很少见到，西晋的卫恒曾慨叹张芝书迹是"寸纸不遗"，东晋虞翼曾言及在永嘉之乱过江南时，将张芝草书十纸丢失，常有"妙迹水绝"之叹。现在，我们所见的张芝书迹都是刻本，收藏在《淳化阁帖》中，共五幅，其中今草四幅：《冠军帖》《终年帖》《今欲归帖》《二月八日帖》，章草一幅：《秋凉帖》。另外他还著有《笔心论》，今已佚。张芝的季弟张昶也是当时著名的书法家，精章草，时人称为"亚圣"。当时擅草大家还有皇象、卫瓘等人。

② 繇：即钟繇（151—230 年），字元常，三国时期曹魏著名书法家、政治家，颍川长社（今河南许昌长葛东）人。曹丕敬重钟繇，称帝后拜其为太尉，后迁官至太傅，所以他也被称为"钟太傅"。

钟繇经常与当时的书法名家曹操、邯郸淳、韦诞等人一起探讨书艺，他自己更是竭精殚智，研习书法，被后世尊为"楷书鼻祖"。张怀瓘《书断》评："元常真书绝世，乃过于师，刚柔备焉。点画之间，多有异趣，可谓幽深无际，古雅有余。秦、汉以来，一人而已。"他和东汉的张芝被合称为"钟张"，与东晋书圣王羲之被并称为"钟王"。代表作有《宣示表》《荐季直表》等。

③ 诞：即韦诞（179—253年），字仲将，三国魏书法家、制墨家，魏京兆（今陕西西安）人，官至侍中。韦诞书法师张芝，兼学邯郸淳，诸书并善，题署尤精。其书如龙盘虎踞，剑拔弩张。韦诞也善制墨，与张芝笔、左伯纸并称"三绝"。

④ 陆机（261—303年）：字士衡，西晋著名文学家，华亭（今上海市松江）人，祖陆逊、父陆抗都是三国时期东吴名将。陆机少负才名，工诗文，代表作为《文赋》，与其弟陆云合称"二陆"。

陆机书法代表作《平复帖》，牙色麻纸本墨迹，九行八十四字，书写于西晋，是传世年代最早的章草名家法帖，也是历史上第一件流传有序的法帖墨迹，有"法帖之祖"的美誉。该作品以秃笔枯锋为之，笔随势转，平淡简约，奇崛而古质，评者云："非中古人所能下笔。"其结字洒脱，表现出轻松自如、信手拈来的状态，散发着古朴、淳厚凝重的气息。《平复帖》内容是写给友人的信札，其中有病体"恐难平复"字样，故名。

⑤ 幼安：即索靖（239—303年），字幼安，西晋书法家，今甘肃人，官至征西司马、尚书郎。《出师颂》是迄今为止发现的索靖唯一墨迹，也是其代表作品。该作品使转精微，妙入毫发。《出师颂》自唐以来，一直流传有序。唐朝由太平公主收藏，宋朝绍兴年间入宫廷，明代由著名收藏家王世懋收藏，乾隆皇帝曾将其收入《三希堂法帖》。1922年，溥仪以赏赐溥杰为名，将该卷携出宫外，1945年后失散民间。2003年7月突然在中国嘉德春季拍卖会上亮相，引起业界轩然大波。

逸少①聪悟，卫铄②慧眼。

奉橘③姨母④，禊序⑤顶尖。

献⑥追父足，法意弘传。

【韵释】

王羲之书路正聪颖善悟，卫夫人重法理独具慧眼。

奉橘帖姨母帖皆为精品，兰亭序堪为冠立地顶天。

王献之追父足声名远振，继古法创新路书道盛传。

【详解】

① 逸少：即王羲之（303—361年），字逸少，东晋时期著名书法家，祖籍琅琊（今属山东临沂）。王羲之生于北方，十一岁时随叔父王廙南渡到建康（今南京）。历任秘书郎、宁远将军、江州刺史，后为会稽内史、领右将军，史称"王右军"。

王羲之的书法平和自然，笔势委婉含蓄，遒美健秀。世人常用曹植的《洛神赋》中"翩若惊鸿，宛若游龙。荣曜秋菊，华茂春松。仿佛兮若轻云之蔽月，飘摇兮若流风之回雪"名句来赞美王羲之的书法。其代表作《兰亭序》被誉为"天下第一行书"，他被后人称为"书圣"，与其子王献之合称为"二王"。

到了唐朝，唐太宗极度推尊王羲之，谓其书法"尽善尽美"，并亲自作《晋书王羲之传赞》，从此王羲之在书学史上至高无上的地位被确立。宋、元、明、清诸朝学书人，无不尊崇"二王"。唐代欧阳询、虞世南、褚遂良、薛稷和颜真卿、柳公权，五代杨凝式，宋代苏轼、黄庭坚、米芾、蔡襄，元代赵孟頫，明代董其昌等，历代书学名家无不推崇王羲之。

② 卫铄：即卫夫人（272—349 年），名铄，字茂漪，晋代著名书法家，河东安邑（今山西夏县北）人。卫铄为汝阴太守李矩之妻，世称卫夫人。卫氏家族世代工书，卫铄夫李矩亦善隶书。卫夫人师承钟繇，妙传其法。王羲之少时聪颖善悟，曾从卫夫人学书并深得赏识。《唐人书评》曰："卫夫人书如插花舞女，低昂美容。又如美女登台，仙娥弄影，红莲映水，碧沼浮霞。"

③ 奉橘：指《奉橘帖》，王羲之行书作品，今收藏于台北故宫博物院。该帖虽寥寥数字，但各不相同。有的方折，峻棱毕现；有的圆转，圭角不露。视若轻盈，实则厚实，墨色湛润，令人回味无穷。《奉橘帖》与其《何如帖》《平安帖》连为一纸，纵二十四点七厘米，横四十六点八厘米，合称"平安三帖"。

④ 姨母：指《姨母帖》，王羲之行书作品，共六行，四十二字。公元 696 年由唐代武则天命人双勾廓填，集于《万岁通天帖》中，今收藏于辽宁省博物馆。从帖文来看，王羲之和他的姨母感情十分深厚，突然得到姨母噩耗，心情十分悲痛，连正常的事务都不能安顿料理。

王羲之的法书字体面貌不尽相同，大凡有流便和古质两种，《姨母帖》属于后者。

⑤ 禊序：即《兰亭序》。东晋永和九年（352 年）三月三日，王羲之与友人谢安、孙绰等四十一人聚会于兰亭，行修禊之礼，饮酒赋诗。王羲之汇集各人的诗文编成集子，并写了一篇序，这就是著名的《兰亭集序》，亦称《兰亭序》《禊序》。传说当时王羲之是乘着酒兴用蚕茧纸、鼠须笔疾书而成。通篇二十八行，三百二十四字，有重复者，皆变化不一，精美绝伦。据传当时他曾重写数遍，然而都达不到原稿境界，曾感叹说："此神助耳，何吾能力致。"唐太宗李世民甚爱书法，尤爱王羲之法书。《兰亭序》真迹后来被唐太宗收藏，他爱不忍释，并且用它来殉葬。

　　《兰亭序》被奉为"天下第一行书"，现在有多个版本在世间流传，著名的是虞本、褚本、冯本、定武本。其中最受推崇的是藏于北京故宫博物院的冯承素摹本。

　　⑥　献：即王献之（344—386年），字子敬，晋代书法家，王羲之第七子，东晋琅琊临沂（今山东临沂）人。官至中书令，人称王大令。王献之幼年随父学书法，兼学张芝，但他不为其父所囿，敢于创新。其书众体皆精，尤以行草著名，为魏晋以来的今楷、今草作出了卓越贡献。

　　在书法史上，王献之与其父并称为"二王"。他非草非行的新书体，被称为"破体"，又叫"一笔书"。其传世名作有《洛神赋十三行》，又称"玉版十三行"。草书墨宝有《鸭头丸帖》《中秋帖》等。

弗兴①活蝇，戴逵②树贤。
敦煌洞窟③，彩铺金点。

【韵释】

　　曹弗兴污成蝇令人叫绝，戴安道性高洁善图圣贤。
　　乐尊僧至敦煌虔心凿窟，图繁茂色艳丽四壁飞天。

【详解】

　　① 弗兴：即曹不兴（生卒年未详），亦名弗兴，画家，三国吴兴（今浙江省湖州市）人。善画龙、虎、马及人物。他也是我国最早的佛像画家。在当时，严武的棋、皇象的字、曹不兴的画被称为"三绝"。

　　据传曹不兴曾为吴国皇帝孙权画屏风，画到一篮杨梅时，不小心误落墨滴，于是便将墨点改绘成一只苍蝇。孙权看画时举起手欲将苍蝇轰走，由此显示出曹不兴写实功力。这就是著名的落墨为蝇的故事。

　　曹不兴最擅长人物画。据《建康实录》载，他曾在宽五十尺的素绢上作画，所画人物头面、手足、肩背、前胸等形态准确，不失尺度。

　　② 戴逵（326—396 年）：字安道，东晋美术家、音乐家，谯郡铚县（今安徽濉溪）人，居会稽剡县（今浙江绍兴附近）。戴逵出生于士族，但终身不愿做官，对于权势毫不妥协，在《晋书》本传中被列为"隐逸"。他博学多才，画擅人物、山水，尤其善画圣贤。所作《七贤图》中嵇康像十分出色。南齐人谢赫非常推崇其画，曾说："情韵绵密，风趣巧拔，善图圣贤，百工所范，荀卫之后，实称领袖。"

魏晋以后，我国的书法和绘画艺术均发展到一个高峰，书法以"二王"（王羲之、王献之）为代表，绘画则以戴顾（戴逵、顾恺之）为旗手。

③ 敦煌洞窟：指敦煌壁画。坐落在河西走廊西端的敦煌，以精美的壁画和塑像闻名于世，被誉为二十世纪最有价值的文化发现。它始建于十六国的前秦时期，历经十六国、北朝、隋、唐、五代、西夏、元等朝代的兴建，形成巨大规模。现有洞窟七百三十五个，壁画四点五万平方米，泥质彩塑二千四百一十五尊，是世界上现存规模最大、内容最丰富的佛教艺术圣地。近代发现的藏经洞，内有五万多件古代文物，由此衍生出专门研究藏经洞典籍和敦煌艺术的学科——敦煌学。1961 年被列为第一批全国重点文物保护单位，1987 年被列为世界文化遗产。

南朝羊欣①，灵运②僧虔③。

雄崛二爨④，真草永禅⑤。

【韵释】

南朝宋羊敬元继承二王，谢灵运诗书妙僧虔气全。

爨宝子爨龙颜雄绝劲拔，真草书千字文智永笔酣。

【详解】

① 羊欣（370—442年）：东晋著名书法家，南朝宋泰山（今山东泰安）人，官至义兴太守。羊欣是王献之的外甥，跟随王献之学书，擅长隶、行、草。当时有一句流行的俗话"买王得羊不失所望"，事实上尚有差距。梁武帝《今书人优劣评》中说："羊欣书如大家婢女为夫人，虽处其位，而举止羞涩，终不似真。"羊欣著有书法史著作《采古来能书人名》。

② 灵运：即谢灵运（385—433年），南朝宋著名山水诗人。东晋陈郡阳夏（今河南太康）人，东晋名将谢玄之孙。其兼通史学，工于书法，翻译佛经，曾奉诏撰《晋书》。

谢灵运的书法在当时享有很高声誉。据《宋书》本传记载："灵运诗书，皆兼独绝，每文竟，手自写之，文帝称为'二宝'。"唐代张怀瓘《书断》评其："真草俱美。"谢灵运诗充满道法自然的精神，贯穿着清新恬静之韵味，一改魏晋以来晦涩玄言诗之风，其代表作为《山居赋》。由谢灵运始，山水诗乃成为中国文学史上一大流派，李白、杜甫、王维、孟浩然、韦应物、柳宗元诸大家，都曾取法于谢灵运。

③　僧虔：即王僧虔（426—485 年），字简穆，南北朝时期书法家，祖籍琅邪临沂，官至尚令。王僧虔为王导五世孙，王羲之族孙。其墨迹有《太子舍人王琰帖》。

梁武帝《古今书人优劣评》中说："僧虔书如王、谢子弟，纵复不端正，奕奕有一种风流气骨。"可见梁武帝对王僧虔书法的推崇。

④　二爨：即大爨《爨龙颜碑》与小爨《爨宝子碑》。《爨宝子碑》立于东晋义熙元年即元亨四年（405 年），现立于云南曲靖一中校园内，1937 年人们建"爨碑亭"加以保护。其书体是由隶书向楷书的过渡，但又有篆、隶、行、草、楷诸体兼容的意趣，艺术特征可以用"方"与"奇"二字来概括。

《爨龙颜碑》立于南北朝刘宋大明二年（458 年），现存于云南陆良贞元堡小学，是研究云南地方史，尤其是研究爨氏家族史的重要文物。清道光年间云贵总督阮元为保护此碑而写的"跋"中称其"乃云南第一古石"。纵观全碑书法，笔力遒劲，像刀斧击凿而成，是研究我国书法由隶向楷演变过程中的又一重要文献。它晚于《爨宝子碑》五十三年，字体已完全不同，显然受到南朝楷书的影响。

⑤　永禅：指智永禅师（生卒年未详），为王羲之七世孙，山阴（今浙江绍兴）永欣寺僧，人称"永禅师"。智永精力过人，年百岁乃终。其书妙传家法，隋唐年间工书者都曾以其书为范本。智果、辨才、虞世南均为智永高足。

智永代表作有《真草千字文》。《千字文》是南朝梁武帝命周兴嗣所撰，智永采用以楷书对释草书的方式进行书写，这是他的创造。既便于学书者释读草字，又能让人们同时欣赏两种书体，可谓一举两得。《真草千字文》法度谨严，一笔不苟。其草书各字分立，运笔精熟，飘逸之中犹存古意。

北魏碑铭①，刚柔均兼。

寇君②猛龙③，羲④昒⑤遵⑥玄⑦。

不尽佳迹，外棱内圆。

【韵释】

造像记墓志铭北魏刻石，少修饰兼刚柔朴拙峻险。

寇君碑张猛龙风骨超逸，郑文公司马昒刁遵张玄。

风格多体势杂佳迹无尽，或茂密或疏朗外方内圆。

【详解】

① 北魏碑铭：简称魏碑，是我国南北朝时期北朝文字刻石的通称。大体可分为碑刻、墓志、造像题记和摩崖刻石四种。

魏碑作为楷书的一种，散发着独特的魅力。魏晋南北朝时期，社会动荡不安，人民生活在水深火热之中，适应社会意识需要的佛、道之学勃然兴盛。尤其佛学，凡新建寺塔，塑造佛像，必聘文学之士，撰写文章以记其事，或凿石以作碑碣，或就天然岩壁摩崖刻写，魏碑应运而生。它承前启后，继往开来，对其后的隋、唐楷书形成产生了巨大影响。魏碑书法笔画劲拔，朴厚灵动，外方内圆，刚中寓柔。

② 寇君：即《寇君碑》，亦称《嵩高灵庙碑》，北魏太安二年（456年）立，相传为寇谦之撰书。寇谦之为著名道学家，碑文内容为其修祀中岳庙并宣扬道教的事迹。此碑书体自隶经楷，隶正相杂，尚无定法，有无与伦比的拙朴天趣。其用笔以方笔及中锋为主，雄强奇古，与《张迁碑》一脉相承；结构错落有致，真率朴拙，大小不拘，富于变化，颇为后世所推重。

　　康有为在《广艺舟双楫》中评道："灵庙碑阴如浑金璞玉，宝采难名。如入收藏家，举目尽奇古之器。"他甚至说："得其指甲，可无唐宋人矣。"《嵩高灵庙碑》碑石风化严重，字迹剥落几近全碑之半。原碑现藏河南登封嵩山中岳庙内。

　　③ 猛龙：即《张猛龙碑》，全称《鲁郡太守张府君清颂碑》，北魏正光三年（522 年）正月立，碑阳二十四行，行四十六字。碑石现立于山东曲阜孔庙。

　　《张猛龙碑》碑文记载了张猛龙兴办教育的事迹。其运笔刚健挺劲，斩钉截铁，从中可以感受到龙门造像题记《始平公》的特征，但也并非笔笔都方，而是变化多端，方中有圆，比《始平公》更为精美细腻。其字体略长，法度严谨，个别笔画稍有行书味道，尤其是碑阴。此碑被世人誉为"魏碑第一"，康有为说："《张猛龙》如周公制礼，事事皆美善。"

　　④ 羲：指《郑文公碑》，又名《郑羲碑》，刻于北魏宣武帝永丰四年（511 年），系崖刻。有内容相同的上、下两碑，上碑在山东平度县天柱山，下碑在掖县云峰山。下碑五十一行，行二十三至二十九字，比上碑书写略晚，字亦较大，比上碑更为著名。此碑为郑道昭书写，字体均为楷书。其结字宽博舒展，笔力雄强圆劲，有篆隶情趣相附，为魏碑佳作之一。

　　⑤ 晭：指《司马晭墓志》，北魏正光元年（520 年）立，清乾隆二十年在河南孟县八里葛村出土。同时出土的还有《司马晭妻孟敬训墓志》《司马升墓志》《司马绍墓志》，合称"四司马墓志"。其书多用方笔，锋芒毕露而不纤弱，结体逸宕而富韵致。

⑥ 遵：指《刁遵墓志》，刻于北魏熙平二年（517年）。此墓志于清早期在河北省南皮县一废寺址出土，当时右下角已残。其书法浑穆舒扬，是北魏碑志中著名书迹之一。康有为《广艺舟双楫》把此志列为精品，评曰："《刁遵志》如西湖之水，以秀美名寰中。"

⑦ 玄：指《张玄墓志铭》，全称《魏故南阳张玄墓志铭》，清代因避康熙帝玄烨之讳而改称《张黑女墓志》，刻于北魏普泰元年（531年）十月，原石久佚不存。清道光年间何绍基得剪裱旧拓孤本，共十二页，每页四行，满行八字，出土地不详。原拓今藏上海博物馆。

《张玄墓志》既有魏碑的神韵，又有唐楷的法度，备受书家好评。北碑的总体风格粗犷豪放，质朴浑厚，像《张玄墓志》这样用笔精巧，结字谨严的作品极少。

探微①俏瘦，恺之②密绵。

没骼得肉③，饮涧拒官④。

谢赫⑤品录，广论竑涵。

【韵释】

陆探微一笔画秀骨清像，顾恺之称三绝笔密神传。

张僧繇没骨法自家模样，宗少文拒入仕迷恋山川。

倡六法谢赫著古画品录，立宏论重气韵思如涌泉。

【详解】

① 探微：即陆探微（生卒年未详），南朝宋文帝、明帝时宫廷画家，据传他是正式以书法入画的创始人。谢赫在《古画品录》中对他推崇备至，评论其为"穷理尽性，事绝言象"。唐代张彦远在《历代名画记》中录入其画达七十余件，题材十分广泛，从圣贤图绘、佛像人物至飞禽走兽，无一不精。他与东晋顾恺之并称"顾陆"，与顾恺之、张僧繇合称"六朝三杰"。唐代张怀瑾在《画断》中评"张得其肉，陆得其骨，顾得其神"。

② 恺之：即顾恺之（346—407 年），魏晋时期画家，字长康，江苏无锡人。顾恺之博学多才，工诗赋、书法，尤善绘画，精于人像、佛像、禽兽、山水等。顾恺之作画，意在传神，其"迁想妙得""以形写神"等论点，为中国传统绘画的发展奠定了基础。谢安曾惊叹他的艺术是"苍生以来，未之有也"。

顾恺之是一位早熟的画家，二十岁时在江宁（今南京）瓦棺寺绘壁画，竟然"光照一寺，施者填咽，俄而得百万钱"，从此画名大振。在顾恺之的著作中，反复强调描写人物神情和精神状态的重要性。

顾恺之的绘画及理论成就，在中国美术史上占有极其重要的地位。其作品的摹本有《女史箴图》《洛神赋图》《列女仁智图》等。《女史箴图》，绢本，淡设色，现藏于英国伦敦大不列颠博物馆，多数人认为是唐代摹本。晋以前的中国画家就善于用细线勾勒人物，这种线条均匀而有节奏，像春蚕吐丝一般连绵缠绕，而顾恺之则将这一技法推向了极致。《女史箴图》中的女史们身着下摆宽大的衣裙，修长婀娜，飘飘欲仙，雍容华贵，展现出卓越高妙的绘画语言。《洛神赋图》，绢本，淡设色，今存宋摹本五种，分藏于北京故宫博物院、台北故宫博物院、辽宁省博物馆及美国弗里尔美术馆等处。内容根据三国时曹植《洛神赋》一文而作。《列女仁智图》，绢本，藏于北京故宫博物院。

③ 没骼得肉：即没骨法，国画术语。指直接用彩色作画，不用墨笔立骨的技法，相传由南朝张僧繇创始。这种画法打破了前代习用的先勾后染技法，以彩笔取代墨笔，直接挥抒，从而产生了一种全新的风格。

张僧繇（生卒年未详），南朝画家，吴中（今江苏苏州）人。梁武帝天监年间曾任武陵王国侍郎，后任直秘阁知画事、右军将军、吴兴太守等。以善画佛道著称，亦兼画人物、肖像、花鸟、走兽、山水等，其"画龙点睛"传说颇为脍炙人口。所画佛像，自成一家，被称为"张家样"。张僧繇还吸收外来艺术之长，首先在中国画中采用凹凸晕染法，使所绘形象具有立体感，栩栩如生。他还引用书法用笔中的"点、曳、斫、拂"等手法入画，"时见缺落，此虽笔不周而意周也"，与顾恺之、陆探微紧劲绵密画法相区别，被人称作"疏体"。

其作品有《十八宿神形图》《梁武帝像》等，分别收录于《宣和画谱》《历代名画记》《贞观公私画史》。传世作品《五星二十八宿神形图》，现藏于日本大阪市立美术馆。

④ 饮涧拒官：指宗少文拒绝入仕，隐居山林。

宗少文，即宗炳（375—443 年），字少文，南朝宋画家，南阳涅阳（今河南镇平）人。家居江陵（今属湖北），土族，屡次征召做官，俱不就。他游山玩水，达到了狂热程度，饮溪栖谷三十余年，可谓终老山林。由于经历过无数美丽山川，因而画山水时，能够"以形媚道"，畅其神韵。他除画山水，又善弹琴，兼修佛学，在庐山参加慧远僧的"白莲社"，曾作《明佛论》。

⑤ 谢赫（生卒年未详）：南朝齐、梁间画家，绘画理论家，善作风俗画、人物画。著有《古画品录》，为我国最早的绘画论著，是中国绘画史上举足轻重的传世之作。

《古画品录》首先提出绘画的目的是"明劝诚，著升沉，千载寂寥，披图可鉴"，指出通过真实的描写收到教育的效果。他在书中品评了前代二十七位画家的作品，可以说是中国画创作史上第一次系统性总结。其中他提出的"六法"论尤为精彩，包括气韵生动、骨法用笔、应物象形、随类赋彩、经营位置、传移模写。此六法成为后世画家、批评家、鉴赏家们所遵循的原则，对历代绘画创作的影响极为深远。

鼎世①王倡，施措越前。
欧②虞③褚④薛⑤，垂则柳⑥颜⑦。

【韵释】

唐代盛帝王倡文化繁荣，立书学设书官措施超前，

开国初备法度欧虞褚薛，中晚唐颜与柳树立经典。

【详解】

①　鼎世：这里指唐朝盛世。在唐代，社会经济处于上升阶段，国力强大，政治清明，经济繁荣，天下太平，是中国历史上的一个黄金时期，也是历史上一个文化与技术向周边国家大输出时期。兼容并蓄的社会风气，给五胡十六国以来进居塞内的各个民族提供了一个空前的交流融合环境，同时也从外族文明中汲取了很多，成就了开放的国际文化，也推动了辉煌灿烂的民族文化进一步发展，表现出诸多高峰。

②　欧：指欧阳询（557—641 年），字信本，潭州临湘（今湖南长沙）人。曾任太子率更令，所以，欧阳询也称"欧阳率更"。他与虞世南俱以书法驰名初唐，并称"欧虞"。其楷书法度严谨，笔力秀劲，于平正中见险绝，最宜初学，号称"欧体"。宋《宣和书谱》誉其楷书为"翰墨之冠"。欧阳询的书法在唐初影响很大，高丽甚重其书，曾遣使求之。其代表作有《化度寺碑》《九成宫醴泉铭》《房彦谦碑》，另外有行书墨迹本《张翰帖》《卜商帖》《梦奠帖》等存世。论著《八诀》《传授诀》《用笔论》《三十六法》。主持编撰《艺文类聚》100 卷。

③ 虞：指虞世南（558—638 年），字伯施，越州余姚（今属浙江省）人。初唐著名书法家、文学家，凌烟阁二十四功臣之一，官至秘书监，封永兴县公，故世称"虞永兴"。虞世南在智永的精心传授下，继承了"二王"书法传统，书风刚柔并重，骨力遒劲。其诗风与书风相似，清丽中透着刚健。唐太宗称他德行、忠直、博学、文词、书翰为五绝。虞世南传世作品有碑刻《孔子庙堂碑》、《破邪论》等。

④ 褚：指褚遂良（596—659 年），字登善，初唐著名书法家、政治家，祖籍今河南禹州，晋末南迁杭州钱塘（今浙江杭州西），父亲褚亮为唐代著名大臣，文学家。褚遂良是其第二子，自武德初年随父入唐以后，始终得到唐太宗及父友魏徵、虞世南、长孙无忌的眷顾。褚遂良博学多才，精通文史，任唐朝谏议大夫、中书令等职。贞观二十三年与长孙无忌同受太宗遗诏辅政，后因坚决反对武则天为后，遭贬。

褚遂良书法学欧阳询，继学虞世南，后取法王羲之，融会汉隶。其正书丰艳，自成一家；行草婉畅多姿，变化多端。唐代中期著名书法家颜真卿深受其影响。传世碑刻有《雁塔圣教序》《伊阙佛龛记》《孟法师碑》等。

⑤ 薛：指薛稷（649—713 年），字嗣通，初唐著名书画家，蒲州汾阴（今山西万荣）人，曾任黄门侍郎、参知机务、太子少保、礼部尚书，世称"薛少保"，后被赐死狱中。他工书法，善绘画。其书师承褚遂良，但自出新意，笔法纤瘦劲练，结字疏通，书风流美飞扬。其画长于人物、佛像、树石、花鸟，尤精画鹤，能准确生动地表现出鹤的形貌神情，开创了一代花鸟画之先河。薛稷还具备很高的文学才华，诗歌甚好，《全唐诗》中共收录其作品十四篇。

⑥ 柳：指柳公权（778—865 年），字诚悬，唐代晚期书法家，京兆华原（今陕西铜川耀州）人。官至太子少师，世称"柳少师"。其书法初学王羲之，后遍观唐代名家书法，更多吸取颜真卿、欧阳询之长，在晋人劲媚和颜书雍容雄浑之间，形成了以骨力劲健见长之风貌，称为"柳体"，世有"颜筋柳骨"之美誉。他一生作品很多，主要作品有《玄秘塔碑》《神策军碑》。

⑦ 颜：指颜真卿（709—785 年），字清臣，唐代中期杰出书法家，京兆万年（今陕西西安）人。官至太子太师，因爵封鲁郡开国公，世称"颜鲁公"。颜真卿为琅琊氏后裔，家学渊博，其五世祖颜之推即为北齐著名学者，曾著《颜氏家训》。

颜真卿创立了"颜体"楷书，在历史上与赵孟頫、柳公权、欧阳询并称"楷书四大家"。其书法作品传世较多，著名墨迹有楷书《自书告身帖》，行书《祭侄文稿》、《争座位帖》、《刘中使帖》等。他一生书写碑石极多，流传至今的有《多宝塔碑》《东方朔画赞碑》《郭家庙碑》《麻姑仙坛记》《大唐中兴颂》《颜勤礼碑》《颜氏家庙碑》等。其又善诗文，有《韵海境源》《礼乐集》《吴兴集》《庐陵集》《临川集》，均佚。宋人有《颜鲁公集》。

率更貌陋，九宫态娟①。

祭侄②撼魄，争座③比肩。

阴符登善④，神策诚悬⑤。

【韵释】

欧阳氏相貌丑孤傲冷僻，九成宫态势美玉润珠圆。

祭侄稿动心魄烁今震古，争座位气刚烈与之并肩。

褚河南阴符经丰艳流动，神策军势峭拔代表公权。

【详解】

① 率更貌陋，九宫态娟：率更，即欧阳询。陋，意丑。史书有所记载，欧阳询身材瘦小，其貌不扬。唐武德年间，高丽派使者到长安求取欧阳询书法，唐高祖李渊感叹地说："没想到欧阳询的名声竟大到连远方的夷狄都知道。他们看到欧阳询的笔迹，一定以为他是位形貌魁梧的人物吧。"

九宫，即《九成宫醴泉铭》，简称《九成宫》。娟，秀丽、美好之意。《九成宫》系魏徵撰文，欧阳询所书，公元632年立于麟游（今陕西宝鸡麟游）。碑文记述唐太宗在九成宫避暑时发现醴泉之事。其书刚健婉润，法度森严，一点一画都成为后世模范，是欧阳询晚年代表之作。后人学习楷书往往以此碑为范本。

② 祭侄：指颜真卿著名的行书作品《祭侄文稿》。该稿作于乾元元年（758年），追叙了其堂兄常山太守颜杲卿父子一门在安禄山叛乱时，挺身而出，坚决抵抗，以致"父陷子死，巢倾卵覆"，取义成仁，英烈彪炳之事。是一篇祭悼其侄颜季明（即颜杲卿第三子）的祭文。颜真卿援笔作文之际，抚今追昔，悲愤交加，情绪激动，运笔迅疾。黄庭坚《山谷题跋》评其"文章字法皆能动人"，有"天下第二行书"之誉。今藏于台北故宫博物院。

③ 争座：指颜真卿著名的行书作品《争座位帖》。该帖为唐广德二年（764年）颜真卿针对郭英乂于安福寺兴道会上藐视礼仪，谄媚宦官鱼朝恩，使其礼遇高于六部尚书之事致尚书右仆射、定襄郡王郭英乂的信函。字里行间洋溢着忠义之气，令人肃然起敬。黄庭坚《山谷题跋》谓："观鲁公其帖，奇伟秀拔，盖自二王后能臻书法之极者，惟张长史与鲁公二人。"苏轼云："诗至杜子美，文至韩退之，画至吴道子，书至颜鲁公，而古今之变，天下之能事毕矣"，是对颜书的最高评价。

④ 阴符登善：阴符，即《大字阴符经》。登善，即褚遂良，字登善。《大字阴符经》，褚遂良墨迹，纸本，楷书九十六行，共四百六十一字。其用笔丰富，有方有圆，有藏有露，多侧锋取势，一波三折，粗细轻重极尽变化，隶意可辨。结体中宫饱满，欹侧俯仰而不失重心。南宋杨无处跋云："草书之法，千变万化，妙理无穷，今于褚中令楷书见之。"后世诸多评论家对此帖都曾给予极大赞美。

⑤ 神策诚悬：神策，即《神策军碑》。诚悬，即柳公权，字诚悬。《神策军碑》，崔铉撰文，柳公权书。"神策军"取地名，原为西北的一支戍边军队，后为唐代后期主要的禁军。柳公权当时为左散骑常侍，又是当朝一流书家，故皇上命其书写。因此他特别郑重，竭尽全力，所书比其早两年的《玄秘塔碑》作品更为劲拔。其字结构严谨，内敛外放；用笔刚柔相济，筋骨并存。此碑于会昌三年（843年）四月立于两京禁中，碑文所记具有重要的历史价值。

旭^①素^②皆狂，既圣且仙。

怀瓘^③议断，过庭^④双巅。

【韵释】

论草体如鬼神张旭怀素，两癫狂双草圣皆为酒仙。

张怀瓘立名著书议书断，孙过庭书谱帖文墨双巅。

【详解】

① 旭：即张旭（675—759 年），字伯高，一字季明，唐代书法家，吴县（今江苏苏州）人。曾任常熟县尉，后至左率府长史，世称"张长史"。张旭是一位纯粹的艺术家，他把满腔情感倾注在点画之间，旁若无人，如痴如醉，如癫如狂。他创造的狂草书法向自由表现方向发展到了一个极限。据记载，张旭闻公主与挑夫争道而悟得草书笔法的意境，观公孙大娘舞剑而悟得草书笔法的神韵。他每每酒醉后作草书，并挥笔大呼，甚至以头濡墨而书，酒醒后认为神异而不可复得，世人称其为"草圣""张颠"。传世书迹有《肚痛帖》《古诗四帖》等。

② 素：即怀素（725—? 年），字藏真，僧名怀素，俗姓钱，唐代书法家，永州零陵（今湖南零陵）人。他是中国书法史上草书大家，尤擅狂草，即大草。其狂草书用笔圆劲有力，使转如环，一气呵成，与张旭齐名，人称"颠张醉素"。据记载，怀素在自己住处附近种有上万株芭蕉，芭蕉叶又大又宽，就像一张宣纸，既可以放开手脚任意挥洒，又可以反复书写。怀素嗜酒，时常酩酊大醉。醉僧怀素和他独特的书法艺术一起被载入中国书法史册。其代表作品有《自叙帖》《大草千字文》《小草千字文》等。

③ 怀瓘：即张怀瓘（生卒年未详），唐代书法家、书法理论家，海陵（今江苏泰州）人。官至翰林供奉、右率府兵曹参军。

张怀瓘的书法评论著作有《书议》《书断》《玉堂禁经》《用笔十法》《书诀》等行于世。在他的多部书法理论著作中，《书断》对后世影响最大。《书断》共分三卷：上卷记述十种书体（古文、大篆、籀文、小篆、八分、隶书、章草、行书、飞白、草书）的源流和发展变化历史；中卷和下卷按神、妙、能三品评定书法家。每品又以书体分述，共列神品二十五人、妙品九十八人、能品一百零七人。诸品均以人列传，按时代先后为序编排。传记征引繁博，资料丰富，书后有《总论》一篇。

④ 过庭：即孙过庭（646—691 年），名虔礼，以字行，唐代杰出书法家、书法理论家，陈留（今河南开封）人。曾任右卫冑参军、率府录事参军。

孙过庭书法，上追"二王"，旁采章草，融二者为一体，并出之己意，笔笔规范，极具法度，有魏晋遗风。其草书代表作为《书谱》。同时《书谱》专著又是孙过庭书法理论的结晶，其中提出了"古不乖时，今不同弊"的著名观点，为书法美学奠定了基础。《书谱》以其在书法艺术和学术双方面的极高价值为后世所推崇。宋代的米芾虽然对前代书家颇为苛刻，然对孙过庭的草书却心悦诚服，他在《海岳名言》中说："孙过庭草书《书谱》，甚有右军法。作字落脚，差近前而直，此过庭法。凡世称右军书，有此等字，皆孙笔也。凡唐草得二王法，无出其右。"《书谱》现藏台北故宫博物院。

> 阎祖显旺，立本步辇^①。
> 曹衣吴带^②，尉迟^③突感。

【韵释】

阎立本身世贵父子名赫，代表作步辇图栩栩神传。

曹勾衣若出水吴带当风，尉迟画凹凸感重在晕染。

【详解】

① 立本步辇：立本，即阎立本。步辇，即阎立本的代表作《步辇图》。

阎立本（？—673年），唐代画家，雍州万年（今陕西省临潼东北）人，出身贵族，官至宰相。其父阎毗，隋代时官至朝散大夫、将作少监，有画名；兄阎立德亦长书画、工艺及建筑工程。父子三人以工艺、绘画驰名隋唐之际。阎立本的绘画艺术，先承家学，后师张僧繇、郑法士。据传他在荆州见到张僧繇壁画，在画下留宿十余日，坐卧观赏，不舍离去。其画人物、车马、台阁都达到很高水平。

《步辇图》，绢本设色，纵三十八点五厘米，横一百二十九点六厘米，现藏北京故宫博物院。此图描绘贞观十五年（641年）唐太宗李世民坐步辇接见前来迎娶文成公主的吐蕃使者禄东赞的情景。公元640年，即唐贞观十四年，吐蕃王松赞干布派大相（相当于宰相）禄东赞向大唐求亲，第二年到达长安。由于大唐帝国国泰民安，各民族友好相处，因此竟有五个兄弟民族的首领求亲，最后以平等竞争的方法，把公主嫁给了吐蕃王松赞干布。消息传到吐蕃以后，松赞干布亲率欢迎队伍由拉萨出发直奔青海相迎。之后并按照唐朝的建筑风格，在拉萨修建了城郭和宫室，这就是现在的"布达拉宫"。

② 曹衣吴带：指国画术语"曹衣出水，吴带当风"。曹，指北齐画家曹仲达（生卒年未详），所画人物以稠密的细线，表现衣服褶纹贴身，犹如刚从水中出来。吴，指唐代画家吴道子（约680—759年），所画人物势态圆转而衣服飞扬，富于运动感与节奏感。

"曹衣出水"相对于"吴带当风"要早一些，是曹仲达在吸收外来佛画风格基础上创造出来的。"吴带当风"出现较晚，也更加具有中国本土化的特征。作为两种风格十分鲜明的宗教美术样式的对比，早在唐代就受到了人们的关注，并且对之后的佛教美术发展产生了重大影响。

③ 尉迟：即尉迟乙僧（生卒年未详），唐代于阗（今新疆和田）人，隋代著名画家尉迟跋质那之子，世称父为"大尉迟"，子为"小尉迟"。尉迟乙僧在绘画艺术上受其父影响，二十岁左右即以较为高超的画艺，被推荐到唐朝都城长安（今陕西西安），颇受重视。贞观初年被授予宿卫官，后又被袭封为郡公。

尉迟乙僧善画宗教故事、人物肖像、神话风俗、花鸟走兽等，大都取材西域各民族人物及鸟兽形象。他善于处理复杂多变的画面，构图布置宏伟奇异，匠意极险，颇有奇处。所画人物，生动传神，身若出壁。其作品《降魔变》，人物姿态千怪万状，被称为奇踪。在表现手法上，他将西域和中亚艺术的表现形式与中原地区传统的绘画技法相结合，擅长色彩晕染，沉着浓重，具有立体感，被称为凹凸画法，使唐代的绘画艺术得到了丰富和发展。

思训①携家，展②述游览。
摩诘③辟径，驰誉辋川④。

【韵释】

李思训家五人丹青俱善，展子虔绘游春林木映掩。

王摩诘创破墨独辟蹊径，辋川图甚驰名意境超远。

【详解】

① 思训：即李思训（651—716 年），字建睍，唐代书画家，陇西成纪（今甘肃天水地区）人。唐宗室李孝斌之子，官至左武卫大将军，画史上有"李大将军"之称。思训家庭兄弟之间妙极丹青者有五人，思训最为当时人所器重。他的画作都极为超绝，尤工山石林泉。其代表作有《江帆楼阁图》《九成宫纨扇图》《宫苑图》等。

② 展：指展子虔（550—604 年），北周末隋朝初杰出画家，渤海（今山东阳信）人。历北齐、北周入隋，任朝散大夫帐内都督。他是现在唯一有画迹可考的隋代著名画家，在中国绘画史上起着继往开来的重大作用，占据重要位置。他擅画车马、人物、山水及杂画，所绘物象生动而富情趣，颇受时人重视，与当时另一画家董伯仁齐名，人称"董展"。《宣和画谱》对展子虔的评语是"咫尺有千里趣"。其画被后世视为"唐画之祖"。

展子虔的传世作品《游春图》是中国山水画中独具风格的画卷，亦是中国现存最早的卷轴山水画。与六朝山水画那种不合乎视觉比例的画法相比，《游春图》的处理显得更为匀称。其构图壮阔沉静，设色古艳，富有典丽的装饰意味。

③ 摩诘：即王维（701—761年），字摩诘，唐朝诗人、画家，河东蒲州（今山西运城）人，祖籍山西祁县。开元九年中进士，曾任尚书右丞。苏轼评价："味摩诘之诗，诗中有画；观摩诘之画，画中有诗。"他是盛唐诗人的代表，诗作有《相思》《山居秋暝》等。他在绘画中创造了破墨技法，目的在于使墨色浓淡相互渗透掩映，达到滋润鲜活的效果。唐代张彦远《历代名画记》称曾见王维的泼墨山水。王维早年学李思训，后来又学吴道子，因此作画有两种风格，一种是青绿山水，另一种即是从吴道子画风中变化而来的水墨山水。他倡导"画道之中，水墨为上"，然而他的青绿重彩也画得非常出色。明代画家董其昌以禅论画，把山水画分为"南北宗"，认为北宗始祖为李思训，南宗始祖则为王维。其代表作有《辋川图》《雪溪图》《袁安卧雪图》等。

④ 辋川：指王维《辋川图》。王维晚年在陕西蓝田辋口得到一别墅，便深依禅宗，过隐士生活。此处水绕山环，竹茂林密，风景奇胜。他常常与好友裴迪乘舟同游，赋诗唱和，并将其画出，名为《辋川图》。画面中群山环抱的别墅，由墙廊围绕。构图上采用中国画传统的散点透视法，略向下俯视，使层层深入的屋舍完全地呈现在观者面前。墅外蓝河蜿蜒流淌，有小舟载客而至，意境淡泊，悠然超尘。其勾线劲爽坚挺，一丝不苟，随类敷彩，浓烈鲜明。楼阁刻画精细，几近界画，洋溢着盛唐绘画独具的端庄华丽。他把理想寄托于画中，使之具有一种空灵静谧的气质。

骏骐霸①斡②，绮罗昉③萱④。
韩滉牛五⑤，韦偃马千⑥。
卓歇胡瓌⑦，翎羽稷⑧鸾⑨。

【韵释】

作鞍马抓神态曹霸韩斡，仕女画游丝描周昉张萱。

五牛图韩滉笔神态各异，牧马卷韦偃作良骏超千。

卓歇图布局妙胡瓌杰作，薛嗣通鹤传神绝笔边鸾。

【详解】

① 霸：即曹霸（691—? 年），唐代画家，能文善画，谯郡（今安徽亳州）人，魏武王曹操后代，官至左武卫将军。时人以其祖先"三曹"比之，称其"文如植武如操字画抵丕风流"。曹霸以画马负盛名，其门生中韩斡最著名。

② 斡：即韩斡（生卒年未详），唐代画家，京兆蓝田（今陕西西安）人。相传年少时曾为酒肆雇工，经王维资助，学画十余年而艺成。他擅绘肖像、人物、鬼神、花竹，尤工画马，曾师曹霸而重视写生。唐玄宗年间，被召入宫封为"供奉"，后来跟宫中画马名家陈闳学画，并常常在马厩里痴呆地观察马的习性。其代表作《照夜白图》，纵三十点八厘米，横三十三点五厘米，现藏于美国大都会艺术博物馆。

③ 昉：即周昉（生卒年未详），字仲朗，唐代画家，京兆（今陕西西安）人。他是出身于仕宦之家、游历于卿相间之贵族，曾任越州（今浙江绍兴）长史。周昉工仕女，初学张萱而加以写生变化。其多画贵族妇女，所画优游闲适，容貌丰腴，衣着华丽，用笔劲简，色彩柔艳，为当时宫廷、士大夫所重，称绝一时。传

世作品有《挥扇仕女图》卷，绢本，设色，描绘的是宫廷贵妇夏日纳凉、观绣、理妆等生活情景，充分体现出其绘画风格，现藏北京故宫博物院。

④ 萱：即张萱（生卒年未详），唐代画家，京兆（今陕西西安）人，开元年间任宫廷画师。以善绘贵族仕女、宫苑鞍马著称，在画史上通常与仕女画家周昉并提。唐宋画史记载张萱的作品计有数十幅，其中许多幅常被其他画家摹写，但张萱本人的原作，今已无存。

其传世作品有宋徽宗赵佶摹本《捣练图》，横卷，金箔绢本，宽三十七厘米，长一百四十七厘米。表现的是妇女捣练缝衣的场面，描绘了从捣练到熨练过程中妇女们的情态，刻画了不同人物的仪容与性格。人物间的相互关系生动而自然。此作现藏于美国波士顿美术馆。

⑤ 韩滉（723—787年），字太冲，唐代画家，长安（今陕西西安）人，唐代宰相韩休之子。历任宰相、两浙节度使等职，经历玄宗至德宗四代。其擅画人物和畜兽，尤以画牛"曲尽其妙"。他所画牛，姿态真切生动，风格浑厚朴实。

牛五，指韩滉代表作《五牛图》。麻纸本，纵二十点八厘米，横一百三十九点八厘米，现存于北京故宫博物院，被称为"中国十大传世名画"之一。《五牛图》的创作，表明了韩滉对农业的重视，其用笔粗放中带有凝重，显示出农村古朴风俗。

⑥ 韦偃（生卒年未详），唐代画家，长安（今陕西西安）人，官至少监，与唐代大诗人韦应物为堂兄弟。其父韦鉴也是当时著名画家。韦偃善画马，传自家学，与曹霸、韩干齐名。他始创点簇法，常用跳跃笔法作马群。其作品最大特点，是把马画在大自然的背景中，以足够的空间来表现动态。

马千，指韦偃代表作《牧放图》，有宋代李公麟摹本存世。画中表现了一千二百多匹马和一百四十三个人物，马群真如汹涌翻滚之波涛。大诗人杜甫是其忘年交，有诗句赞美其作品："戏拈秃笔扫骅骝，倏见麒麟出东壁。"

⑦ 胡瓌（生卒年未详）：五代时期画家，契丹族人，居范阳（今河北涿州）。其擅画北方游牧民族牧马、射猎等生活，用笔清劲，构图巧密，人物气质犷悍，形象各异。胡瓌尤工画马，所画骨骼体状生动有神。其作品在《宣和画谱》中记录有六十五件，如《牧马图》《猎涉图》《牧放平远图》《蕃部早行图》等，均描绘游牧生活。传世作品有《卓歇图》《出猎图》《回猎图》等。

《卓歇图》（"卓歇"意为牧人搭起帐篷歇息），绢本，设色，纵三十三厘米，横二百五十六厘米，现藏北京故宫博物院。《出猎图》与《回猎图》中的马是生长在北方草原上的蕃马，不同于之前画马名家笔下的中原之马。这种马由于生长在恶劣环境中，加之长期征战和奔波，体格壮大健硕，头部更富特色，耳朵轮廓有裂痕，鼻孔粗大，十足的蕃马风貌。

⑧ 稷：即薛稷，字嗣通，初唐著名书画家，前已有介绍。

⑨ 鸾：即边鸾（生卒年未详），唐代画家，长安（今陕西西安）人，官至右卫长史。其最擅花鸟，亦精蜂蝶之妙，下笔轻利，用色鲜明，可"穷羽毛之变态，夺花卉之芳妍"。据记载，贞元年间，新罗（朝鲜）赠送一只能跳舞之孔雀，德宗命边鸾在玄武殿写生，他即画出两种姿态，一正一背，金羽生辉，似乎能够发出声音。

暎①审②宏③位④，璪⑤商⑥默⑦恬⑧。

相族彦远⑨，装理赏研。

【韵释】

擅水墨才俊多暎审宏位，张文通刘子夏王默吴恬。

张彦远族门旺三世宰相，喜收藏书与画精鉴深研。

【详解】

① 暎：即齐暎（生卒年未详），唐代水墨山水画家。唐张彦远《历代名画记》中对其有所记载，曾被罢官，无作品传世。

② 审：即朱审（生卒年未详），浙江吴兴人，一作江苏苏州人，唐代水墨山水画家，张彦远《历代名画记》对其有所记载。《唐朝名画录》称其"得山水之妙"，"虽出前贤之胸臆，实为后代之楷模也，故居妙上品。人物、竹木居能品。"唐柳公权有诗《题朱审寺壁山水画》："朱审偏能视夕岚，洞边深墨写秋潭。与君一顾西墙画，从此看山不向南。"

③ 宏：即毕宏（生卒年未详），唐代水墨山水画家，河南偃师人。天宝（742—756年）中官御史，左庶子。初善画古松，山水亦妙，时人有"毕庶子松根绝妙"之说。北宋著名科学家、政治家沈括曾收藏其画两幅。

④ 位：即孙位（生卒年未详），号会稽山人，晚唐画家，会稽（今浙江绍兴）人。擅画人物、鬼神、松石、墨竹，尤以画水著名，所作皆笔精墨妙，雄壮奔放，情高格逸。他曾在蜀中应天、昭觉、福海等寺院画过许多壁画，俱笔简形备，气势雄伟。其作品有《高逸图》《说法太上像》《维摩图》等。

⑤ 璪：即张璪（生卒年未详），中国唐代画家，又作张藻，字文通，吴郡（今江苏苏州）人，活动于八世纪中后期，官至祠部员外郎、盐铁判官。他善画水墨山水，尤精松石，五代山水画家荆浩对其特加推崇。张璪有"外师造化，中得心源"名句，主张既要观察生活形象，又要重视主观感受，对后世绘画创作及理论研究影响颇大。据唐代张彦远《历代名画记》记载，张璪曾著有《绘境》一篇，但早已失传。

⑥ 商：即刘商（生卒年未详），唐代诗人、画家，字子夏，彭城（今江苏徐州）人，大历（766—779 年）间进士，官至礼部郎中。他能文善画，诗以乐府见长，著文之外，爱画松石树木，性情高迈，时人有"刘郎中松树孤标"之赞。其兼画人物，有《观弈图》石刻行于世。

⑦ 默：即王默（？—805 年），又称王墨、王洽，唐代水墨山水画家。早年师法郑虔，后师项容，擅画山水松石杂树。每当酒酣，将墨倒在绢素上，以水冲洗，墨汁随水渍流动而成云树山水，或以手抹、脚踩，号称泼墨。《唐朝名画录》和《历代名画记》中对他多有记载，称其"性多疏野"，举止狂放，不为礼法所构，乃"疯癫酒狂"。

⑧ 恬：即吴恬（生卒年未详），一名玢，字建康，山东青州人，唐代山水画家，山水画曾与王维齐名。他有著作《画山水录》，但在公元1060年宋仁宗时期《新唐书》编纂完成之前，已遗失不存。

⑨　彦远：即张彦远（815—？年），字爱宾，唐代画家、绘画理论家，河东（今山西永济）人，曾任舒州刺史大理寺卿。著有《历代名画记》《法书要录》《论画六法》。

张彦远出身于宰相世家，高祖张嘉贞、曾祖张延赏、祖父张弘靖均先后做过宰相。其世代喜好书画艺术和收藏鉴赏，拥有大量古今书画佳作，几乎可以与皇室收藏相媲美。如此家庭文化氛围，使张彦远在书法及绘画方面，尤其在书画理论方面取得了很高成就。他把绘画艺术的存在看作是一种社会文化现象，认为绘画是应社会发展的需要而产生的，"无以传其意，故有书；无以见其形，故有画"。他指出绘画具有极大的社会教育功用和特殊的艺术审美功能，可以"成教化，助人伦，穷神变，测幽微"，因而与"六籍同功，四时并运"。他还首次提出书画艺术的重要特点是"书画同体"。在中国美学史上最早对谢赫的"六法"即气韵生动、骨法用笔、应物象形、随类赋彩、经营位置、传移模写进行了阐述和发挥，强调"气韵"和"骨气"是绘画的根本所在。

《历代名画记》是张彦远对中国美学史最大的贡献，这是中国第一部较为系统完整的绘画通史，有"画史之祖"之称誉。

韭花^①函札，凝式^②脱凡。
煜主^③铿锵，撮襟霜寒^④。

【韵释】

行楷书韭花帖即兴信札，杨凝式笔萧散不入俗眼。

李后主善大字用笔铿锵，卷帛素撮襟书颤笔若寒。

【详解】

① 韭花：指五代书法家杨凝式流传于世之代表作《韭花帖》，是其行楷书信札。信札内容叙述午睡醒来，恰逢有人馈赠韭花，非常可口，遂执笔回帖以表谢意。此帖清秀洒脱，布白舒朗，萧散闲适之心境跃然纸上，意趣天成，从而成为书法史上不可多得之千古佳作。

② 凝式：即杨凝式（873—954 年），字景度，号虚白，五代书法家，同州冯翊（今陕西大荔）人。唐昭宗时进士，曾任秘书郎，历仕后梁、唐、晋、汉、周五代，官至太子太保，世称"杨少师"。因生活在唐王朝走向灭亡、继之以五代战乱时期，性格渐为怪异，有时甚至装疯避祸，人称"杨风子"。代表作有《韭花帖》《卢鸿草堂十志图跋》《神仙起居法》等。他在书法史上被视为承唐启宋的重要人物，"宋四家"（苏轼、黄庭坚、米芾、蔡襄）都深受其影响。

③ 煜主：即李煜（937—978年），字重光，初名从嘉，号钟隐、莲峰居士。五代十国时南唐第三任国君，史称李后主，彭城（今江苏徐州）人。开宝八年，宋军破南唐都城，李煜降宋，被俘至汴京，后被宋太宗赐酒毒死，葬于洛阳邙山。

李煜艺术才华非凡，精书法，善绘画，通音律，诗文有一定造诣。他尤以词成就最高，有杰作《虞美人》《浪淘沙》《乌夜啼》等传世。李煜在政治上失败，却在词坛上留下不朽篇章，被称为"千古词帝"。其墨迹流传很少，南唐画家赵幹《江行初雪图》（今藏于台北故宫博物院）上一行标题被认为是其真迹。

④ 撮襟霜寒：指李煜书法特点。其书法传"二王"执笔法，称为"拨镫法"。李煜擅长行书，喜欢使用虬曲而颤抖笔法作字，被称为"金错刀"。其作大字不用笔，卷帛而书，被称为"撮襟书"。

闳中夜宴①，野熙②贵筌③。

轻淡董④巨⑤，峭阔荆⑥关⑦。

披麻创皴，迈浩胜蓝。

【韵释】

顾闳中作长卷熙载夜宴，徐野逸黄富贵审美截然。

董北苑僧巨然南宗轻淡，荆与关成北派高拔平远。

董源创披麻皴笔锋错落，关仝画超荆浩青胜于蓝。

【详解】

① 闳中夜宴：闳中，即顾闳中（生卒年未详），五代人物画家，曾任南唐画院待诏，江南人。其绘画用笔圆劲，间以方笔转折，设色浓丽，擅描摹人物神情意态。

夜宴，指顾闳中唯一传世作品《韩熙载夜宴图》，此图是我国古代人物画的重要作品。画卷纵二十八点七厘米，横三百三十五点五厘米，绢本设色，现藏于北京故宫博物院。

据中国画著录《宣和书谱》记载，五代时，出身于北方望族的南唐中书舍人韩熙载，是一位颇具才华的官员。他于唐朝末年登进士第，懂音乐，擅长诗文书画，且富有政治才能。但此人蓄养歌伎，家里常常宾客云集，酣歌达旦。权弱的后主李煜虽倚重他，但对在南唐做官的北方人心存猜忌。为了解真相，特派顾闳中和周文矩深夜潜入韩宅，观察夜宴状况。于是他们二人根据目识心记，各自绘制了《韩熙载夜宴图》，李煜看后，对韩熙载的戒心减少了许多。

为了适于案头观赏，顾闳中将事件的发展过程分为五个既联系又分割的画面。构图聚散有致，场面有动有静，其中对韩熙载的描绘尤为突出，深刻揭示了其内心的抑郁和苦闷。全图工整、细腻，线描精确，色彩明丽，赋予了画面沉着典雅之意味。

②熙：即徐熙（生卒年未详），五代时期画家，钟陵（今江西进贤西北）人。一生未仕，宋代郭若虚称其为"江南处士"，沈括称其为"江南布衣"。徐熙性情豪爽旷达，善画花竹林木，蝉蝶草虫，其妙与自然无异。沈括在《梦溪笔谈》中形容其画"以墨笔为之，殊草草，略施丹粉而已，神气迥出，别有生动之意"。

五代时期花鸟画出现两大阵营，以江南徐熙为代表的一派，主要取材水鸟野卉，画法多用墨笔，色彩极少，相对于取材珍奇、画法精细的黄筌一派被称作"徐熙野逸"。这种现象被人们称为"徐黄异体"。

③筌：即黄筌（903—965年），字要叔，五代时期画家，四川成都人。历仕前蜀、蜀，官至检校户部尚书兼御史大夫，入宋，任太子左善赞大夫。其擅画花鸟，自成一派，作品多绘宫廷中珍禽异兽，羽毛丰满。画花卉善着色，勾勒精细，几乎不见笔迹。其画派被称为"黄家富贵"，有《写生珍禽图》传世。

④董：指董源（生卒年未详），字叔达，五代、北宋时期画家，江西钟陵（今江西进贤县）人，南派山水画开山鼻祖。南唐主李璟时任北苑副使，故又称"董北苑"。

他擅画山水，兼工人物、禽兽。其山水初师荆浩，后以江南真山实景入画，平远幽深。皴法状如麻皮，后人称为"披麻皴"。据传董源曾将五老奇峰、云烟苍松、泉流怪石和庭院别墅巧妙地绘入《庐山图》，李璟观后，称赞不绝，命人挂于卧室，朝夕观赏，犹如长居庐山之中。宋代米芾谓其画"平淡天真，唐无此品"。元代黄公望说："作山水者必以董为师法，如吟诗之学杜也。"清代王鉴也说："画之有董巨，如书之有钟王，舍此则为外道。"

董源对后世产生如此深远之影响，在中国山水画史上是罕见的。其存世作品有《夏景山口待渡图》《潇湘图》《夏山图》《溪岸图》等。

⑤ 巨：指巨然（生卒年未详），五代、北宋时期画家，江宁人。南唐亡，到汴梁（今开封）住开宝寺。善饮酒，作画通宵达旦不知疲倦。其擅画江南"淡墨轻岚"之景，在画史上和董源以"董巨"并称。巨然山水画的构成，虽出自董源，但自成一格。画中多不作云雾迷蒙之景，但散发出浓浓湿润之气不亚于董源。其代表作有《万壑松风图》《秋山问道图》《山居图》等。

⑥ 荆：指荆浩（生卒年未详），字浩然，号洪谷子，五代时期画家，河南沁水（今河南济源）人。因避战乱，常年隐居太行山。其擅画山水，师从张璪，吸取北方山水雄峻气格，为北方山水画派之祖。

荆浩所作全景式山水特点明显，常常在画幅的主要部位安排气势雄浑的主峰，中景和近景则布置杂植及溪泉坡岸，并点缀村楼桥杓，间或穿插人物活动。整幅画境界雄阔，景物逼真，构图完整。此范式奠定了稍后由关仝、李成、范宽等人加以推进的全景式山水画格局，使山水画走向了前所未有的全盛期。其所著《笔法记》提出气、韵、景、思、笔、墨之绘景"六要"，为古代山水画理论经典之作。现存作品有《匡庐图》《雪景山水图》等。

⑦ 关：指关仝（生卒年未详），五代时期画家，长安（今陕西西安）人。其画山水早年师法荆浩，刻苦学习，几至废寝忘食。作品颇能表现出秦岭、华山一带山川特点和雄伟气势，在立意造境上超出了荆浩的格局，显露出自己独到的风貌，被称为"关家山水"。其传世作品有《关山行旅图》《山溪待渡图》等，取景多为雄伟大山和深山，构图丰富，形象真实。

宋初匡胤，艺业怠缓。

炅宗①募宝，丛帖②贯联。

【韵释】

赵匡胤称太祖建立宋朝，固江山谋发展艺事暂缓。

宋太宗精鉴藏征募墨宝，淳化年集成册丛帖祖先。

【详解】

①　炅宗：即宋太宗赵炅（939—997 年），本名赵匡义，建隆元年改为赵光义，为北宋第二任皇帝。太宗即位后，继续进行统一事业，发展农业生产，扩大科举取士规模，加强对官员的考察与选拔，力图改变武人当政的局面，确立文官政治，编纂大型类书，广泛征募墨宝。但在位期间，因急功近利，几次北伐攻辽受挫，给宋代社会发展带来了不利影响，在某种程度上滞缓了艺术的推进和繁荣。

②　丛帖：指《淳化阁帖》，此帖是我国历史上可见最早的一部历代丛帖。宋淳化三年，太宗赵光义命翰林侍书王著甄选内府所藏历代帝王、大臣、书家等墨迹，摹勒刊刻后编纂成帖，称为《淳化阁帖》，简称《阁帖》。《阁帖》第一卷为历代帝王书法，二、三、四卷为历代名臣书法，第五卷是诸家古法帖，六、七、八卷为王羲之书法，九、十卷为王献之书法。此帖也有"法帖之祖"美誉，对后世影响深远。

苏轼^①振耳，食诗^②数三。

砥柱^③廉蔺^④，涪翁^⑤锋锬。

【韵释】

苏东坡名声巨如雷贯耳，寒食帖抒心绪行书第三。

黄庭坚砥柱铭廉蔺列传，结字奇笔锋锐气韵贯穿。

【详解】

① 苏轼（1037—1101 年）：字子瞻，号东坡居士，北宋文学家、书画家，眉州眉山（今属四川）人。他与其父苏洵、其弟苏辙皆以文学名世，世称"三苏"。他在文学艺术方面堪称全才，其文汪洋恣肆，为唐宋八大家之一；诗境清新豪健，善用夸张比喻；词风开豪放一派，对后代影响深远；书法擅长行书、楷书，自创新意。其用笔丰腴跌宕，有天真烂漫之趣，自谓"我书臆造本无法，点画信手烦推求"。与黄庭坚、米芾、蔡襄并称"宋四家"。

② 食诗：即苏轼行书代表作《黄州寒食诗帖》，简称《寒食帖》。元丰三年二月，苏轼因受新党排斥而获宋朝最大的文字狱"乌台诗案"，贬谪黄州（今湖北黄冈）任团练副使。《寒食帖》是他在被贬第三年寒食节所发人生感叹。其诗境苍凉，表达了当时惆怅孤独之心情。此诗的书法也正是在这种心情和境况下有感而出。《寒食帖》在书法史上影响甚大，通篇笔墨起伏跌宕，气势奔放，但无荒率之笔，被称为继王羲之《兰亭序》、颜真卿《祭侄文稿》之后"天下第三行书"。《寒食帖》横三十四点二厘米，纵十八点九厘米，十七行，一百二十九字，现藏于台北故宫博物院。

③ 砥柱：指黄庭坚墨迹《砥柱铭》。手卷高三十二厘米，长八百二十四厘米。内容是他生前最为推崇的唐代宰相魏徵所写《砥柱铭》，全文六百多字。该作品为大字行书，整篇结体张扬，气势宏阔，笔法豪迈挺拔，章法参差错落。此卷 2010 年 6 月 3 日在国内参加拍卖，创下当时中国艺术品拍卖成交价的世界纪录。其时经过近七十轮竞价，最终以 3.9 亿元落槌，加上 12% 佣金，总成交价达 4.368 亿元。

④ 廉蔺：指黄庭坚墨迹《史记廉颇蔺相如列传》，这是他传世草书中之名迹。其笔意萧散，但不乏篆籀之气，即他本人所谓"与科斗、篆隶同法同意"之意味。该作品现藏于美国纽约大都会博物馆。

⑤ 涪翁：即黄庭坚（1045—1105 年），字鲁直，自号山谷道人，晚号涪翁，北宋诗人、词人、书法家，洪州分宁（今江西修水）人。宋治平四年进士，历任叶县尉、北京国子监教授、校书郎、著作佐郎、秘书丞等。他与苏轼、米芾、蔡襄并称为"宋四家"。他还是盛极一时的江西诗派开山之祖，与张耒、晁补之、秦观游学苏轼门下，称为"苏门四学士"。

苕溪①珊瑚②，爽刷米颠③。
襄④性笃厚，声似琅玕⑤。

【韵释】

　　苕溪帖珊瑚帖米芾杰作，笔迅疾称刷字举止狂癫。
　　宋四家列蔡襄生性笃厚，为人正学至深美名彰显。

【详解】

　　① 苕溪：指米芾行书《苕溪帖》。该卷纵三十点三厘米，横一百八十九点五厘米，书于元丰三年。当时他游历于苏州、无锡，此卷是他出发造访无锡之前的手笔。其书以胸中之美贯注全篇，不乏天真之气。《苕溪帖》现藏于北京故宫博物院。

　　② 珊瑚：指《珊瑚帖》，为米芾晚年著名的行书墨迹，又名《珊瑚笔架图》。该作纵二十六点六厘米，横四十七点一厘米，其书写材料很特殊，竹纸，浅黄色，纸上竹纤维较多。此作比其中年之前作品，字态更为奇异超迈，既潇洒奔放，又合于法度，气韵愈发自然，形式感更具意趣。元代虞集评其"神气飞扬，筋骨雄毅"。《珊瑚帖》流传有序，1956 年，张伯驹将该作捐献给文化部文物局，现藏于北京故宫博物院。

　　③ 米颠：即米芾（1051—1108 年），字元章，号襄阳漫士、海岳外史，北宋著名书法家、画家、书画理论家、鉴定家、收藏家。祖籍太原，后徙居湖北襄阳，晚居江苏镇江，建海岳庵。曾任校书郎、书画学博士、礼部员外郎。因其个性怪异，举止癫狂，遇石称"兄"，膜拜不已，因而人称"米颠"，还被称为"米襄阳""米南宫"。他在"宋四家"中首屈一指。

　　米芾学书转益多师，自称本人作品为"集古字"，对古代大师之笔法、章法及气韵均有深刻领悟。他曾称："蔡京不得笔，蔡卞得笔而乏逸韵，蔡襄勒字，沈辽排字，黄庭坚描字，苏轼画字，臣书刷字。"米芾称自己为"刷字"，即指用笔快而劲健，形象地概括出其用笔特征。其书以主要笔画确立字势，于正侧、俯仰、向背、转折、顿挫之中，形成飘逸超脱之气概，沉着痛快之风姿。东坡有评："风墙阵马，沉着痛快，当与钟王并行，非但不愧而已。"

　　④　襄：即蔡襄（1012—1067 年），字君谟，北宋政治家、书法家和茶学专家，原籍福建莆田人。先后在朝廷担任馆阁校勘、龙图阁直学士、枢密院直学士、翰林学士、三司使、端明殿学士等职，出任福建路转运使，泉州、福州、开封和杭州知府。

　　蔡襄为人忠厚、正直，讲究信义，且学识渊博，书法也以其浑厚端庄，淳淡婉美自成一体。宋四家中，按年龄辈分，蔡襄应在苏、黄、米之前，但有学者认为"苏黄米蔡"中"蔡"原本是指蔡京，因其"人品奸恶"，后来人们以蔡襄将其取代。其主要作品有《宋蔡忠惠文集》《荔枝谱》《茶录》《蒙惠帖》等。

　　⑤　琅玕：指美玉。

辽遏营丘^①，耸拔范宽^②。

崔白^③革故，易庆^④擅猿。

【韵释】

李营丘绘山水平远旷荡，范宽画势雄伟飞瀑崇峦。

崔子西花鸟图推新革故，易元吉擅獐猴师法自然。

【详解】

① 营丘：即李成（919—967 年），字营丘，宋代画家，山东临淄人。原为唐宗室，五代即有名声，喜游山川，以名士独善其身为傲。能诗，善琴，尤擅画山水，初师荆浩、关仝，后摹写真景，自成一家，并创"卷云皴"画法。

其山水画视野辽阔，给人一种"气象萧疏，烟林清旷"的感觉。此外，他画山"骨干"特显，正是山水画家常说的北方之山多骨的表现。他还有另一个重要特点即"惜墨如金"。其存世作品有《乔松平远图》《读碑窠石图》《寒林骑驴图》《晴峦萧寺图》《茂林远岫图》等。

② 范宽（？—1026 年）：字仲立，北宋画家，陕西华原（今耀县）人。与李成齐名，世称"李范"。范宽性疏野，嗜酒好道，擅画山水。其早年师从荆浩、李成，后感悟"与其师于人者，未若师诸造化"，遂移居终南太华山中，山川气势尽收胸臆，通过长期观摩写生，终成一代大师。他是山水画形成期北方画派主流画家，与两位师长荆浩、李成并称为"北宋初三大家"。其画山势雄伟，存世作品有《溪山行旅图》《雪山萧寺图》《雪景寒林图》等。

　　《溪山行旅图》，绢本，水墨，纵二百零六点三厘米，横一百零三点三厘米。巍峨的高山矗立在画面正中，占有三分之一画面，顶天立地，给人印象鲜明。山头灌木丛生，下部树林中楼观微露，有驮队匆匆赶路。细如弦丝的瀑布一泻千尺，仿佛听到溪声在山谷间回荡。景物描写极为雄壮逼真，迫人肺腑。此画现藏于台北故宫博物院。

　　③ 崔白（生卒年未详）：字子西，宋代画家，濠州（今安徽凤阳）人。其一生多为民间画工，生活颠沛流离，当时很多人为他的不得赏识鸣不平。如米芾即在他的《画史》中提到，公卿贵族收藏一味求古，多为阎立本、韩滉等画家赝品，而对于像崔白如此优秀之画家却熟视无睹。

　　崔白花鸟画融合五代而又有创新。所画注重写生，依靠超越前人的观察研究及描绘能力，探索花木鸟兽的"生"意，摆脱装饰图案的影响，开创出了新的发展方向。其画法淡雅而善于变通，与之前宫廷绘画笔墨工致之面貌相比更为灵动。他勇于创新，善于扬弃，打破了宋代近百年宫廷院体画一统之格局。传世作品有《寒雀图》、《禽兔图》（一名《双喜图》）等。

　　④ 易庆：即易元吉（1001—1065 年），字庆之，宋代画家，湖南长沙人。其初工花鸟蜂蝶，后见赵昌作品，认为难以超越，耻为第二，于是转工猿猴。他常入深山之中，观察、体会、揣摩猿猴獐鹿之生活习性，每遇胜丽佳处，辄留其意，心传目击，写于毫端。

　　其传世作品有《猴猫图》卷，录于《故宫名画三百种》；《蛛网攫猿图》册页现藏于北京故宫博物院；《聚猿图》卷现藏于日本大阪市立美术馆。

伯时①线描，淳夫②鬼脸。

徽佶③昏聩，异途擎幡。

【韵释】

　　李公麟精白描堪称巨擘，郭淳夫涂山石形似鬼脸。

　　宋徽宗名赵佶荒淫昏聩，重艺术精书画另途率先。

【详解】

　　① 伯时：即李公麟（1049—1106 年），字伯时，号龙眠居士，北宋画家，安徽舒城人，神宗熙宁二年进士，历任中书门下后省删定官、御史检法等。其好古博学，长于诗，精鉴别古器物，尤以画著名，人物、鞍马、山水、花鸟，无所不精，时推为宋画中第一人。

　　李公麟做官三十年，为北宋颇具影响之名士。其白描绘画为当世第一，被后人称为"天下绝艺"。在中国绘画技法中，纯用线条和浓淡墨色描绘实物的白描画法，乃线描技法发展的最高阶段，而李公麟正是这艺术浪尖上的弄潮儿。其白描技法成为后人学画所遵从的样板典范，"犹如群龙之首"，千百年来代代相传。苏轼称赞他："龙眠胸中有千驷，不惟画肉兼画骨。"《五马图》为其代表作，画中五匹大马，由五人牵引，神采焕发，顾盼惊人。此图用笔简练，极其细致生动地表现出了骏马运动和性情特征。

　　② 淳夫：即郭熙（1023—1085 年），字淳夫，北宋画家、绘画理论家，河阳温县（今河南孟县）人。其为熙宁间画院艺学，后任翰林待诏直长，早年信奉道教，游于方外，以画闻名。郭熙山水画师法李成，山石用"卷云"或"鬼脸"皴法，画树枝如蟹爪下垂，笔力劲健，水墨明洁。他常于高堂素壁作长松巨木、回

溪断崖、峰峦秀起、云烟变幻之景。郭熙活跃期间，正是北宋山水画高度发展时期，由于其所画山水千态万状，因此得"独步一时"之誉。著有《林泉高致》，总结了传统绘画之经验，创"高远""平远""深远"的"三远法"，为我国山水画的散点透视奠定了基础。存世作品有《早春图》《窠石平远图》《幽谷图》等。

　　③ 徽佶：即宋徽宗（1082—1135 年），名赵佶，是宋朝第八位皇帝，在位二十五年。他在政治上是一个昏庸无能的皇帝，对内贪暴，任用蔡京等"六贼"，对外怯懦无能。靖康二年，北宋国亡被俘受辱而死，终年五十四岁。但他在书画方面颇有造诣，自创字体被后人称之为"瘦金书"。其艺术成就，以花鸟画为最高。

　　徽宗因酷爱艺术，在位时将画家地位提升到中国历史上最高点。他下旨成立翰林书画院，即当时的宫廷画院。其以画取仕，并且每年以诗词作为科考题目，曾刺激出许多创意佳话。如题为"山中藏古寺"，许多人画深山寺院飞檐，但头名只画了一和尚在山溪挑水；另题为"踏花归去马蹄香"，头名也只画了一人骑马，有蝴蝶飞绕马蹄间，凡此等等，极大地推动了中国画意境的发展。

　　宋徽宗在位时广收古物和书画，扩充翰林图画院，并命文臣编辑《宣和书谱》《宣和画谱》《宣和博古图》等书。

懒拙①戏墨，与可②孕竿。

暗门③惊红，晋卿④委婉。

汴京盛况，翠闹桥帆⑤。

【韵释】

米友仁落茄皴自称墨戏，文与可绘竹枝意在笔前。

刘松年惊百官科考点红，王晋卿文人气格调委婉。

张择端绘汴梁繁华兴盛，桥市闹船帆聚春意盎然。

【详解】

①　懒拙：即米友仁（1086—1165 年），字元晖，晚年号懒拙老人，宋代书画家，系米芾长子。他官至工部侍郎、敷文阁直学士，甚得宋高宗宠爱。父子二人有大、小米之称。米友仁自幼聪明，十九岁时，米芾将其所作《楚山清晓图》献给宋徽宗，即得到赏赐。米友仁书法以其开张的字势，在南宋书坛上亦别具一格。

其绘画在中国绘画史上有着举足轻重的地位。吴师道《吴礼部集》卷十八《米元晖云山图》中说："书法画法，至元章、元晖而变。盖其书以放易庄，画以简代密。然于放而得妍，简而不失工，则二子之所长也。"的确，书法绘画到了米芾才真正简易起来，而这一切也均在米友仁作品中得到体现。其画不大出现物象，只是云烟缭绕，然而由于他高超的书法修养和用墨技巧，从而开创了中国绘画史上"自娱"一派，故经常在画上自题"墨戏"二字。

② 与可：即文同（1018—1079 年），字与可，号石室先生，北宋画家，梓州永泰（今属四川绵阳盐亭）人。其为宋仁宗皇祐元年进士，后任大邑、陵州等知州或知县。元丰初年赴湖州（今浙江吴兴）就任太守，未到任而病卒。他与苏轼是表兄弟，以诗文书画名世，尤善画竹，主张胸有成竹而后动笔。他画竹叶，创浓墨为面、淡墨为背之法，学者多效之，形成一派，被称为"墨竹大师"，又称之为"文湖州竹派"。其有《墨竹图》传世，今藏于台北故宫博物院。

③ 暗门：即刘松年（生卒年未详），南宋孝宗、光宗、宁宗三朝宫廷画家，钱塘（今浙江杭州）人。因居于清波门，故有"刘清波"之号。清波门又有一名为暗门，所以外号"暗门刘"。其为淳熙年间御前画院学生，至绍熙时升为待诏。据传，宋朝举办绘画廷试，集天下画家于一堂，赵佶出题"万绿丛中一点红"，结果刘松年位列第一，其画面中远处有一红衣少女与一望无际之绿丛交相辉映，生气蓬勃。南宋"李刘马夏"四大家中，以刘的画风比较多样。传世代表作《四景山水图》卷及《天女献花图》卷，现藏于北京故宫博物院。

④ 晋卿：即王诜（1036—1093 年），字晋卿，北宋画家，山西太原人。熙宁二年娶英宗女蜀国大长公主，拜左卫将军、驸马都尉。其擅画山水，所画多为烟江远壑、柳溪渔浦、晴岚绝涧、寒林幽谷、桃溪苇村等"诗人难状之景"，格调委婉。亦能书，善属文。其词语言清丽，情致缠绵，音调谐美。存世作品有《渔村小雪图》《烟江叠嶂图》等。

⑤ 汴京盛况，翠闸桥帆：指张择端《清明上河图》景观。

张择端（生卒年未详），字正道，北宋画家，东武（山东）人。宣和年间任翰林待诏，擅画楼观、屋宇、林木、人物，《清明上河图》为其著名代表作。

《清明上河图》卷，绢本，水墨淡设色，纵二十四点八厘米，横五百二十八厘米，后幅有金代张著、明代吴宽等十三家题记，钤九十六方印。其内容表现北宋都城汴梁（今河南开封）城市景观，作品现藏于北京故宫博物院。藏本并无画家本人款印，确认其作者为张择端，是根据画幅后面跋文中张著的一段题记。

《清明上河图》是我国绘画史上稀世奇珍。它以现实主义手法，全景式构图，生动细致地表现了北宋王都汴京城清明时节春意盎然、舟船往复、店铺林立、人烟密集的繁华景象和丰富的社会生活与习俗风情。全图规模宏大，结构严谨，构图起伏有序。其笔墨技巧，兼工带写，活泼简练。画中人物生动传神，牲畜形态、房舍、舟车、城郭、树木、桥梁、河流无一不至臻至妙。综数我国古代绘画，不惜大量笔墨来描绘数以百计民众世俗生活与商业活动之作实不多见。此画的第一位收藏人是宋徽宗，他并以瘦金体亲笔题写"清明上河图"五字。

梁楷①泼洒，李唐②技全。
巧占独角③，术用半边④。

【韵释】

　　梁风子作减笔墨色畅达，李晞古创新法技高艺全。
　　马遥父少全貌偏置一角，夏禹玉意境深侧重半边。

【详解】

　　① 梁楷（生卒年未详）：宋代画家，祖籍山东，南渡后流寓钱塘（今浙江杭州），曾于南宋宁宗时担任画院待诏。他与妙峰、智愚和尚往来甚密，是一位参禅的宫廷画家。其善画山水、佛道、鬼神，师法贾师古，而且青出于蓝。他秉性疏野，喜好饮酒，酒后行为不拘礼法，人称"梁风子"。其传世作品有《六祖图》《太白行吟图》《泼墨仙人图》等，但以《泼墨仙人图》最为著名。

　　中国古代绘画发展到宋代，已经全面成熟，民间绘画、宫廷绘画、士大夫绘画各成体系，彼此间又互相影响与渗透，笔墨技法明显改进。梁楷是一位受儒、释、道三教思想影响的一代大家，并有着强烈的时代特点。其减笔泼墨人物作品，将真实的自然形态转化为艺术画面，从而把写意画推上一个新的高度，使时人耳目一新。

　　② 李唐（1066—1150 年）：字晞古，宋代画家，河阳三城（今河南孟县）人，宋徽宗时画院待诏。1127 年金兵攻陷汴京，李唐逃往临安（今浙江杭州），以卖画度日。南宋恢复画院后，其进入画院，授成忠郎职务。他擅画山水和人物，其山石皴法，融合了李成、范宽、郭熙诸家技巧，用多种皴法表现不同石质。如主峰，上端用长钉皴、刮铁皴，中部偶尔参以解索皴，在山腰以下使用

独创的马牙皴。晚年去繁就简，创"大斧劈"皴，写出山川雄峻气势。

李唐作品《采薇图》卷，绢本，水墨淡设色，纵二十七点二厘米，横九十点五厘米。此作品以司马迁《史记》中"伯夷列传"为题材，虽着墨不多，但把伯夷、叔齐在特定环境下的神态描绘得淋漓尽致。李唐的存世作品还有《万壑松风图》《江山小景图》等。

③ 巧占独角：指马远绘画构图多将景物置于一角。马远（1164—？年），字遥父，号钦山，南宋画家，祖籍河中（今山西永济），后居钱塘（今浙江杭州），光宗、宁宗两朝画院待诏。他出身绘画世家，有"一门五代皆画手"之称。马远擅画山水、人物、花鸟。其山水取法李唐，笔力劲利阔略，皴法硬朗，楼阁界画精工，且加衬染，喜作边角小景，世称"马一角"。其人物勾描自然，花鸟常以山水为景，情意相交，生趣盎然。他与李唐、刘松年、夏圭并称"南宋四家"，存世作品有《踏歌图》《水图》等。

④ 术用半边：指夏圭绘画构图多将景物置于半边。夏圭（生卒年未详），一作夏珪，字禹玉，南宋画家，钱塘（今浙江杭州）人，宁宗时任画院待诏。他和马远都深受李唐影响，早年画人物，后来以山水著称。文徵明评论马远画"意深"，夏圭画"趣胜"，画史上把他们并称"马夏"，同为南宋院体画的代表，"南宋四家"之一。他画山水，用秃笔带水作大斧劈皴，将水墨技法提高到淋漓苍劲、墨气袭人的效果。构图常取半边，空间旷大，近景突出，远景清淡，独具一格，人称"夏半边"，后人认为此布局是对南宋偏安的隐指。传世作品有《溪山清远图》《西湖柳艇图》等。

引风逆潮，孟頫①盖元。

娴练妍郅，匹敌有鲜②。

嵘③瓒④耶律⑤，维桢⑥饱贬。

【韵释】

批时弊倡晋风古为今用，赵孟頫精诸体元人冠冕。

体朗逸笔精纯美妙之至，鲜于枢可匹敌亦为人先。

同著称有嵘嵘倪瓒耶律。杨维桢追极端处处遭贬。

【详解】

① 孟頫：即赵孟頫（1254—1322年），字子昂，号松雪道人，宋元时书画大家，吴兴（今浙江湖州）人。其为宋太祖赵匡胤第十一世孙、秦王赵德芳嫡派子孙。卒封魏国公，谥号文敏，也称"赵文敏"。赵孟頫自五岁学书，从无间断，直至去世前还在观书作字。他诸体皆善，尤以楷、行书著称于世。书风遒媚、秀逸，结体严整，世称"赵体"。历史上每遇沧桑变易之际，文化颇易失范，人们总是以史为鉴，寻找医时救弊良方，如孔子"克己复礼"、魏晋"竹林七贤"返璞归真、唐宋"古文运动"等。赵孟頫提倡"古意"，其出发点亦不例外。他以晋唐为法鉴，逆南宋琐细浓艳之风。传世书迹较多，代表作有《千字文》《洛神赋》《汲黯传》《胆巴碑》《归去来兮辞》《赤壁赋》《道德经》等。

② 鲜：指鲜于枢（1246—1302年），字伯机，号困学民，元代书法家。生于汴梁（今河南开封），曾官居扬州，至元十四年在扬州出任江南诸道行台御史掾。三十三岁时，与赵孟頫相识，遂成莫逆之交，友善终身。

鲜于枢传世书法作品约四十件，多为行草书，且以墨迹为主。其书由唐人入手，再上溯"二王"，善悬腕作字。由于一生官位不高，常赋闲家中，得以充分发挥艺术才能。他也是一位文学家，写下诸多诗词，还能作曲、弹琴，且精通文物鉴定。其艺术修养广泛，并能兼容，终成书法大家，与赵孟頫齐名，同被誉为元代书坛"巨擘"。其书法代表作有《老子道德经卷上》《苏轼海棠诗卷》《韩愈进学解卷》《论草书帖》等。

③ 巙：指康里巙巙（1295—1345年），字子山，号正斋、恕叟，元代书法家，西域康里人，蒙古族，性格豪爽奔放。曾任礼部尚书、奎章阁大学士，官至翰林学士承旨，兼修国史。

巙巙出身名门，其在元、明代书法传承中，居有非常重要之地位。他从王羲之起家，并吸收醉素、张颠之狂放，孙过庭之俊秀，既有很深功力，又有清新神韵，颇具个人风格。自谓一日可书万字，未尝以力倦辍笔。明代解缙评曰："子山书如雄剑倚天，长虹驾海。"其代表作有《李白古风诗卷》《谪龙说卷》等。

④ 瓒：即倪瓒（1301—1374年），字泰宇，后字元镇，号云林子，元代书画家、诗人，江苏无锡人。家富厚，自建园林。

倪瓒清高孤傲，个性迂癖，不事俗务，未曾做官，曾作诗以述其怀："白眼视俗物，清言屈时英，富贵乌足道，所思垂令名。"倪瓒擅楷书，其书既遒劲精美，又率意简逸，有高士之风，后人多称他为"倪高士"。传世作品有《三印帖》《月初发舟帖》《客居诗帖》等。

⑤ 耶律：即耶律楚材（1190—1244 年），字晋卿，号湛然居士，蒙古帝国大臣。他出身于契丹贵族家庭，为辽太祖耶律阿保机九世孙。1215 年，成吉思汗蒙古大军攻占燕京，他被任命为辅臣。其书法继承颜真卿、黄庭坚，雄放刚健，字势开张，至老不衰。传世墨迹《送刘满诗卷》，现存于美国大都会博物馆。

⑥ 维桢：即杨维桢（1296—1370 年），字廉夫，号铁崖、铁笛道人，又号铁心道人、铁冠道人、铁龙道人、梅花道人等。晚年自号老铁、抱遗老人，元末明初著名诗人、文学家、书画家和戏曲家，会稽（今浙江诸暨）枫桥全堂人。曾任杭州四务提举、建德路总管推官等。元末农民起义爆发，杨维桢避寓富春江一带，后隐居江湖，在松江筑园圃蓬台。

杨维桢为人宽厚，与人交，无疑二。对出身贫贱而有才德之人，礼之如师傅；对无才德之人，即使王公也白眼相对。其性格狷直，行为放达，导致仕途挫折，但不以为然。杨维桢好诗歌与古董，文名显于当时，书法成就最著。其书如其诗，讲究抒情，尤其草书，显示出放浪形骸之个性。他融合了汉隶、章草的古拙笔意，又汲取了"二王"行草风韵和欧字劲峭的方笔，再结合自身强烈的艺术个性，最后形成了奇崛峭拔、狷狂不羁的独特风格，与赵孟頫平和、姿媚、秀美、典雅形成鲜明对比。但因不合常规，超逸放轶，也遭到当时许多人的贬讥。有《东维子文集》《铁崖先生古乐府》行世。

科举蒙废①，院体②戛然。

翛佚③至上，赵倪领衔④。

【韵释】

科举制曾废除蒙人施政，院体画遭冷落难以弘传。

文人画重抒情开宗立派，赵子昂倪云林举旗领衔。

【详解】

① 科举蒙废：元朝前期，科举制长期停废。主要由于蒙古族不愿接受汉文化，希望通过废除科举这一措施对汉文化进行打压。在忽必烈疏远儒臣、科举制度滞泥不前之同时，由吏入仕逐渐形成制度，并以越来越大的力量排挤和对抗科举制来求得自身的生存。当时国人被分为四等，南人（主要指原来的宋朝百姓）为最低等，而恰恰是这批人最信奉汉文化。

② 院体：即院体画，简称"院体"，是中国画的一种。宋代初期建立翰林图画院，遴选优秀画家为皇室宫廷服务。画院里所画山水、花鸟、人物等，大都要求用笔设色工整细致、富丽堂皇，构图严谨、色彩灿烂，有较强装饰性。出自画院的作品，反映了最高统治者的审美标准，谓之"院体画"。院体画在元代科举制被废除后也遭到冷落，文人画渐渐兴起。

③ 翛佚：无拘无束，闲适超逸之意，这里指文人画的雅逸之风。文人画，泛指文人、士大夫所作之画，通常多取材于山水、花鸟、梅兰竹菊和木石等，借以抒发"性灵"或个人抱负。他们标举"士气"、"逸品"，崇尚品藻，讲求笔墨情趣，强调神韵，重视文学、书法修养和画中意境的缔造，与工匠画和院体画有明显区别，独树一帜。

④ 赵倪领衔：指赵孟頫与倪瓒的文人画在元代引领风尚。

赵孟頫作为士大夫画家，他一反北宋以来文人画的墨戏态度，实难能可贵，从而确立了文人画在画坛上的地位。明王世贞曾说，"文人画起自东坡，至松雪敞开大门"，这句话客观地道出了赵孟頫在中国绘画史上的地位。无论是研究中国绘画史，还是研究中国文人画史，赵孟頫都是一个不可绕开的关键人物。作为一代宗师，不仅他的友人高克恭、李仲宾，妻子管道昇，儿子赵雍受到他的画艺影响，而且弟子唐棣、朱德润、陈琳、商琦、王渊、姚彦卿，外孙王蒙，乃至元末黄公望、倪瓒等都在不同程度上继承发扬了他的美学观点，使元代文人画久盛不衰，在中国绘画史上写下了瑰丽奇特的篇章。

赵孟頫的妻子管道昇也是著名书画家，在古代女书法家中，地位仅次于王羲之老师卫夫人。其幼习书画，笃信佛法，曾手书《金刚经》数十卷，赠名山寺，世称"管夫人"。

倪瓒的绘画开创了水墨山水画一代风尚，与黄公望、吴镇、王蒙并称为"元四家"。其画法疏简，格调天真幽雅，以淡泊取胜。作品多画太湖一带山水，构图常取平远之景，笔墨单纯，所谓"有意无意，若淡若疏"，形成荒疏萧条一派。在元四家中，倪瓒享誉极高，明代江南人以有无收藏其画而分雅俗。其绘画实践和理论观点，对明清数百年画坛影响很大。

公望^①富春^②，冈森蜿蜒。

幽隐儒镇^③，士气钱选^④。

【韵释】

黄公望代表作富春山图，墨淡逸多变化山水蜿蜒。

梅道人性儒雅隐居不仕，钱舜举倡士气诗画结缘。

【详解】

①　公望：即黄公望（1269—1355 年），字子久，号一峰、大痴道人，元代画家，江苏常熟人，曾充任"浙西宪吏"。因事入狱三年之久，出狱后，人生观转变，从此入道、隐居、遨游。他擅画山水，师法董源、李成、赵孟頫，所作水墨画笔力老到，简淡深厚，系"元四家"之一。他还擅书能诗，撰有《写山水诀》，为山水画经验创作之谈。存世作品有《富春山居图》《九峰雪霁图》《丹崖玉树图》等。

②　富春：指黄公望代表作《富春山居图》，是其八十二岁时为无用师所绘，历经三四年画成。此画以浙江富春江为背景，表现出秀润淡雅风貌，气度不凡。

明朝末年《富春山居图》传到收藏家吴洪裕手中，他极为喜爱，甚至要在临终前将此画焚烧殉葬，幸被其侄及时从火中救出，但已被烧成大小两段。前段较小，称《剩山图》，今藏于浙江省博物馆；后段较长，称《无用师卷》，今藏于台北故宫博物院。

③ 镇：即吴镇（1280—1354 年），字仲圭，号梅花道人，元代书画家，浙江嘉兴人。年轻时游历杭州、吴兴，饱览太湖风光，大自然的真山真水，启迪了他的创作灵感。早年曾在村塾教书，后学习易经，贯通儒、道、释三教，自此韬光养晦，坚持高尚志气，不与众人和同。后于钱塘等地占卜为生，深居简出，为人孤洁，隐居不仕。喜作渔父图，有清旷野逸之趣，为"元四家"之一。其精书画，工诗文，存世作品有《渔父图》《洞庭渔隐图》等。

④ 钱选（1239—1301 年）：字舜举，号玉潭、巽峰等，宋末元初画家，与赵孟頫等合称为"吴兴八俊"，湖州（今浙江吴兴）人。其为南宋景定间进士，入元不仕，工诗，善书画，人品及画品皆称誉当时。他继承苏轼等人的文人画理论，提倡绘画中的"士气"，主张在画上题写诗文或跋语，萌发了诗、书、画紧密结合的形式特征。

钱选更擅长山水，有存世作品《浮玉山居图》，纸本，设色，纵二十九点八厘米，横九十八点七厘米，现存于上海博物馆。

克恭①淋漓，黄鹤②充填。

卉鸟寻改，衍③琳④渊⑤冕⑥。

【韵释】

　　高克恭笔苍浑水墨淋漓，王叔明善构图繁密盈满。

　　绘花鸟求改革以书入画，有李衍有陈琳王渊王冕。

【详解】

　　① 克恭：即高克恭（1248—1340 年），字彦敬，号房山，元代画家，祖籍西域（今新疆）人。历任河南道按察司判官，官至刑部尚书。在房山有田二顷，此外身无余资。其画山水初学二米，后学董源、李成笔法，专取写意气韵，笔墨淋漓。亦擅长墨竹，与文湖州并驰，造诣精绝。克恭生性坦荡，与世落落寡合，遇知己则倾心相交，终身不疑。他身为色目世家，但汉文化修养极高，乃汉化的代表性人物。其仕于南方时，酷爱钱塘山水，余暇则呼僮携酒，杖履登山，流连尽日，故所画山水，便有"一片南方风烟"。他与赵孟頫南北相对，为一代画坛领袖，时人诗称："近代丹青谁自豪，南有赵魏北有高。"

　　② 黄鹤：即王蒙（1301—1385 年），字叔明，号香光居士、黄鹤山樵，元代画家，浙江湖州人。元代末年曾入仕，后来弃官隐居于今浙江余杭黄鹤山达三十年，故自号黄鹤山樵。明初出任山东泰安知州，由于曾在当时宰相胡惟庸家观画，胡被捕时受牵连入狱，死于狱中。

　　王蒙自幼受外祖父赵孟頫影响，喜好绘画。后来得到黄公望指教，又常与倪瓒等人切磋，作品中表现出林峦郁茂苍茫的气氛，是对山水画的创新。其画面构图密满，空白不多。有时题咏兼用篆隶行楷，对明清画家影响较大，为"元四家"之一。倪瓒曾赞他"叔明笔力能扛鼎，五百年来无此君"。其传世作品有《夏日山居图》《夏山高隐图》《谷口春耕图》《春山读书图》等。

③ 衍：即李衍（1245—1320 年），字仲宾，号息斋道人，元代画家，蓟丘（今北京）人，晚年寓居维扬（今江苏扬州）。皇庆元年为吏部尚书，拜集贤殿大学士，卒年追封蓟国公，谥文简。

李衍善画枯木竹石，双勾竹尤佳。他将竹视为"全德君子"，将尊竹之情融入画中，赋予竹以生命。他和赵孟頫、高克恭并称元初画竹三大家。著有《竹谱详录》一书，对不同地区各类竹的形色情状及画法有详尽论述，是学习者的津梁。存世作品有《四清图》《竹石大轴》等。

④ 琳：即陈琳（生卒年未详），字仲美，元代画家，杭州人，父为南宋画院待诏。其擅画花鸟、山水、人物，得赵孟頫传授，画格不俗，尤擅临摹古迹。有存世作品《溪凫图》，纸本，浅设色，纵三十五点七厘米，横四十七点五厘米，现藏于台北故宫博物院。

⑤ 渊：即王渊（生卒年未详），字若水，号澹轩，元代画家，杭州人，名闻江南。其受赵孟頫教益，所画或设色富丽，或设色淡雅，后来以墨画为主，即使画大幅花鸟也不用色，如其作《竹石集禽图》。

⑥ 冕：即王冕（1287—1359 年），字元章，号煮石山农，别号竹斋生、会稽山农、梅花屋主等。元朝著名画家、书法家、诗人，浙江诸暨人。农家出身，自幼好学，白天放牛，窃入学舍听学生读书，暮返忘其牛，因此遭皮肉之苦，但之后依然。后往寺院苦读，并随会稽学者韩性学习，终成通儒。但屡应试不第，遂买舟下东吴，渡大江，入淮楚，历览名山大川。王冕以画梅著称，在继承扬无咎基础上有所创新，对后世影响甚大。现存作品有《墨梅图》等。

明署翰林，继阁续馆^①。

缙绅^②离距，沈度^③助澜。

【韵释】

明代初翰林院学政兼治，继馆阁重楷体拘谨刻板。

解缙绅走狂笔背道而驰，沈民则法度严推波助澜。

【详解】

① 继阁续馆：指明代翰林院继承前代馆阁体书法。馆阁体，又称台阁体，是一种方正、光洁、乌黑而大小齐平的官用书体。"台阁"原指尚书，后为官府代称。台阁体书法早在宋代即已出现，以明清两代为盛。在古代科举考试中，要求以这种书体应考，它强调楷书的共性，即规范、美观、整洁、大方，并不强调所谓的个性。台阁体书法适合皇家审美标准，但不少人认为缺少变化，意趣不足，对其持批评态度。

② 缙绅：即解缙（1369—1415 年），字大绅、缙绅，号春雨，江西吉水人。洪武十二年进士，历任御史、翰林待诏、翰林学士兼右春坊大学士，与杨慎、徐渭并称"明代三大才子"。解缙出身于吉水鉴湖一书香门第，从小就受到良好教育，传有"神童"之称。其善书法，尤善狂草，开晚明狂草先河。明成祖时，他与黄淮、杨士奇等人入直文渊阁，进翰林学士，奉诏主修《永乐大典》。明吴宽《匏翁家藏集》称："永乐时，人多能书，当以学士解公为首，下笔圆滑纯熟。"墨迹有《自书诗卷》《书唐人诗》等。

③ 沈度（1357—1434 年）：字民则，号自乐，明代书法家，华亭（今上海金山）人，曾任翰林侍讲学士。沈度擅篆、隶、楷、行等书体，为明代台阁体代表人物。其书法深受明成祖朱棣赏识，称他为"我朝王羲之"，有墨迹《敬斋箴》《四箴铭》等传世。沈度还有一件举世闻名的作品，即书写了永乐大钟上二十三万余字的经文。

祝枝希哲①，仲温②濡沾。

履吉③早逝，耄耋④积缣。

彭⑤震⑥弃劣，曜跃印坛。

【韵释】

祝允明字希哲楷草高妙，其楷书师宋克深得内涵。

王履吉多才艺英年早逝，老寿星文徵明积缣如山。

弃劣习通六书文彭何震，效古法创新派称雄印坛。

【详解】

① 祝枝希哲：即祝允明（1460—1526 年），字希哲，明代书法家。因手上多生一指故号枝山、枝指生等，长洲（今江苏苏州）人，官至山西布政司右参政。祝允明能诗文，工书法，楷草均佳。其楷书得宋克精髓，狂草更受世人赞誉，流传有"唐伯虎画，祝枝山字"之说，与唐寅、文徵明、徐祯卿齐名，称为"吴中四才子"。

祝允明天赋甚好，少时被称为"神童"，三十三岁考中举人，但以后七试礼部不成，出乎意料。仕途的失意和打击使其心境、性格产生巨大变化，渐渐转向老庄出世思想。其除了在行为上有所表露外，还在诗文中抒发，书法也渐渐转向行草。王澍对他的书法评价极高，曾说："有明书家林立，莫不千纸一同，惟祝京兆书变化百出，不可端倪。余见京兆书百数，莫有同者，信有明第一手也。"其代表作有《太湖诗卷》《赤壁赋》等。

② 仲温：即宋克（1327—1387 年），字仲温，一字克温，自号南宫生，明代前期书法家，长洲（今江苏苏州）人。宋克出身于富裕家庭，少年时即博涉群书。其书法理念深受赵孟頫影响，崇尚魏晋，出入钟王，真、行、草皆为当时第一。其与明朝前期

擅长书法的宋璲、宋广合称"三宋",三宋之中以宋克影响最大。在元人小楷由秀妍向古质的变化中,宋克《七姬权厝志》堪称代表。他亦善画竹,有《万竹图》传世。

③ 履吉:即王宠(1494—1533年),字履仁、履吉,号雅宜山人,明代书法家,吴县(今属江苏苏州)人。以邑诸生被贡入太学,世称"王太学",享年仅四十岁。王宠曾八次应试,均未中,于是选择隐居,潜心诗书,逍遥林下。正如其《行书札》中云:"家中虽贫落,越溪风景日增日胜,望之如图画,独此一事慰怀耳。"他在此不激不厉心境影响下,渐渐形成了疏淡空灵的艺术风格。王宠博学多才,工篆刻,善山水、花鸟,诗文在当时也有较高声誉,而尤以书名噪一时,善小楷,行草亦精妙。著有《雅宜山人集》,传世书迹有《诗册》《杂诗卷》《千字文》《古诗十九首》《李白古风诗卷》等。小楷代表作《游包山集》,纸卷,纵二十一点六厘米,横三百二十三点五厘米,结字空灵,气息高古。现藏于上海博物馆。

④ 耄耋:指年纪在八九十岁的老人,这里指享年近九十岁的文徵明。文徵明(1470—1559年),原名壁,字徵明,明代画家、书法家、文学家。四十二岁起以字行,更字徵仲,号衡山居士,世称"文衡山",长洲(今江苏苏州)人,官至翰林待诏。其诗宗白居易、苏轼,文受业于吴宽,学书于李应祯,学画于沈周。在诗文上,与祝允明、唐寅、徐祯卿并称"吴中四才子";在画史上与沈周、唐寅、仇英合称"吴门四家",又称"明四家"。

文徵明从二十六岁到五十三岁十次应举均落第,直至次年受推荐并经吏部考核,被授职低俸微的翰林院待诏。此时其书画已负盛名,因此受到翰林院同僚嫉妒和排挤。由于不忍官场腐败,五十七岁辞归出京,放舟南下,回苏州定居。从此潜心诗文书画,不再求仕，以戏墨弄翰自遣。其目力和控笔能力极佳，八十多岁尚能十分流利地书写蝇头小楷竟日不倦。晚年声誉卓著，号称"文笔遍天下"。购求其书画者踏破门槛，有"海宇钦慕，缣素山积"之说。在其年近九十岁时，为人书写墓志，未待完成，"便置笔端坐而逝"。其传世书作有《西苑诗》《渔父辞》《北山移文》等。

⑤ 彭：即文彭（1497—1573 年），字寿承，号三桥，别号渔阳子、三桥居士、国子先生，明代篆刻家、书画家，系文徵明长子。长洲（今江苏苏州）人，官至国子监博士，有《博士诗集》。

真正有史料记载第一个用青田石治印的是文彭。他在南京任职时，偶遇卖青田石老汉，当即买下四筐石头。其中质优者，为半透明"灯光冻石"，冻石之名始见于世。从此他以青田石治印而不再用象牙。

文彭对六书有着深入研究，主张必精通六书方能治印。六书指汉字构成的六种方法，即象形、指事、形声、会意、转注、假借。他开创了明清篆刻之风，对以后篆刻流派的形成和发展，产生了很大影响。他是公认的明清流派篆刻"开山祖师"。

⑥ 震：即何震（1522—1604 年），字主臣、长卿，号雪渔，明代篆刻家，安徽休宁人。其与文彭交谊密切，情同师友，两人都主张篆刻应依六书为准则，曾说："六书不精义入神，而能驱刀如笔，吾不信也。"其篆刻作品纯朴、清新、遒健，所仿汉满白文，苍浑厚劲，疏密均匀，时人誉称"近代名手，海内第一"。他与文彭齐名，并称"文何"。程朴曾精选其印一千余方，摹刻成《雪渔印谱》四卷传世。

其昌①励志，才溢笔酣。

奇渭②跌宕，螭若③侧险。

【韵释】

董其昌因会考发愤临池，工诗书才情溢笔畅墨酣。

徐文长势奇宕满纸狼藉，黄道周工诸体草书侧险。

【详解】

① 其昌：即董其昌（1555—1636 年），字玄宰，号思白、香光居士，明代杰出书法家、山水画家、鉴赏家，华亭（今上海闵行）人。万历十七年进士，授翰林院编修，官至南京礼部尚书。其擅画山水，师法董源、巨然、黄公望、倪瓒，笔致清秀中和，恬静疏旷。书法出入晋唐，自成一格，并能诗文。

董其昌精书法，缘于应试时笔迹不佳，遂发愤用功。其《画禅室随笔》记述，他十七岁时参加会考，因文才名列第一，但书写太差，被改为第二，内心受到极大刺激，自此刻苦钻研书法，终于考中进士，开始了几十年的仕途生涯。但他对政治异常敏感，一有风波，坚决辞官归乡。董其昌书法淡雅秀美，以行草书造诣最高。其行书以"二王"为宗，又得益于颜真卿、杨凝式、赵孟頫诸家，并有怀素的圆劲和米芾的跌宕。用笔精到，用墨考究，书风萧散自然，古雅平和。其楷书，特别是小楷亦具很高水平。董其昌有墨迹《东方朔答客难》《丙辰论画册》《张九龄白羽扇赋卷》传世。此外，他在中国美术史上也有一定地位，其《画禅室随笔》是研究中国艺术史极其重要的著作。

②　奇渭：指奇才徐渭。徐渭（1521—1593 年），字文长，号天池、青藤等，明代文学家、书画家，浙江山阴（今绍兴）人。画史将他与陈淳以"青藤白阳"并称，他还与解缙、杨慎并称为"明代三大才子"。清代郑板桥对徐文长非常敬服，曾刻一印，自称"青藤门下走狗"。

明清两代，多才多艺文人甚多，但在诗文、戏剧、书画等方面都能独树一帜，给当世及后代留下深远影响者却很少。徐渭的诗，被明代文学家袁宏道尊之为明代第一；其戏剧，受到明代大戏曲家、文学家汤显祖极力推崇；至于书画，更是我国艺术史上成就最为特殊的人物之一。

徐渭书法，面貌之奇异，用笔之大胆，在同代书法家中无有可参照者，真可用得"绝无依傍"四字。他不受约束的表现，几乎无法令人分析其师承，但细查却又使人感到虽无定法，但又有法。其代表作有《代应制咏剑草书轴》和《代应制咏墨草书轴》等。

③　螭若：即黄道周（1585—1646 年），字幼玄，又字螭若，号石斋，明末书法家，福建漳浦铜山（今福建东山铜陵）人。天启二年进士，与倪元璐、王铎同科，深得考官袁可立赏识，授任翰林院编修。南明隆武时，任吏部兼兵部尚书、武英殿大学士（首辅）。

黄道周是明代最有创造性的书法家之一，其书以小楷、行书和草书名世。行书和草书，行笔转折刚劲有力，字取侧势，风格奇崛劲险，形式语言独特。

黄道周性刚直，曾被革职，甚至入狱，表现出为国为民光明磊落之情怀。晚年自请募兵北上抗清，终因后援不继，孤军深入失败被俘，但决不投降，英勇就义。清代著名学者蔡世远概括其一生：严谨治学精神和渊博学问可比邵雍，忠贞为国直言敢谏可比李纲，慷慨赴难从容就义可比文天祥。《明史》赞其"学贯古今"，乾隆帝亦称他"不愧一代完人"。

排列稀疏①，弧圈频删②。

嵩樵③泅涨，势剧情连。

【韵释】

　　倪元璐擅立轴行距空疏，张瑞图重方折淡化圆转。

　　王觉斯创新意不避涨墨，气势雄笔势猛情思连绵。

【详解】

　　① 排列稀疏：指倪元璐行草书章法安排行距宽疏。倪元璐（1593—1644 年），字汝玉，一作玉汝，号鸿宝，明代著名书画家，浙江上虞人。天启二年进士，历官至户、礼部尚书，与黄道周一时被称为双璧。李自成入京，自缢身亡。

　　倪元璐行草书深得颜真卿笔意而更为劲峭。其用笔锋棱四露中见苍浑，并杂有渴笔与浓墨，相映成趣；结字奇侧多变，人曾戏称"刺菱翻筋斗"；章法独到，行距疏朗。他突破了明来柔媚书风，创造出强烈的个性艺术特征。康有为《广艺舟双楫》中道："明人无不能行书者，倪鸿宝新理异态尤多。"后人对他亦有"笔奇、字奇、格奇"，"势足、意足、韵足"之赞誉。

　　② 弧圈频删：指张瑞图行草书减弱圆转，强化方折。张瑞图（1570—1641 年），字长公，号二水、果亭山人等，明末书画家，晋江（今福建泉州）人。曾授翰林院编修，后以礼部尚书入阁，太子太保中极殿大学士。崇祯三年，因政治上失败，获罪罢归，但没有影响他在艺术上的公允。其书法风格奇逸，峻峭方劲，妙姿横生，与董其昌、邢侗、米万钟齐名，有"晚明四家"之称，另与董其昌有"南张北董"之号。其山水学黄公望，骨骼苍劲，点染清逸。

③ 嵩樵：即王铎（1592—1652 年），字觉斯、觉之，号十樵、嵩樵、痴庵、痴仙道人。明末清初书法家，孟津（今河南孟津）人。幼时家境十分贫寒，过着"不能一日两粥"之生活。其为天启二年进士，入翰林院庶吉士，后任礼部尚书。

明末书坛受董其昌书法影响，追求俊骨逸韵。王铎等人则反其道而行之，追求雄强、激烈，体现出对动荡生活的内心感受。他极重视向优秀传统学习，不断从王羲之、王献之、米芾等作品中汲取营养，"一日临帖，一日应请索"，临创之间，从不间断。其行、草书成就最高，既发扬了明代草书气势奔放、直抒性灵的特点，又矫正了线条粗率的弊病，笔墨饱满，气息通达。在结构方面，以奇险取胜，节奏强烈，变化多端。其有诸多作品存世，如《拟山园帖》《琅华馆帖》《书画虽遣怀文语轴》等。

他因降清被列入《贰臣传》，书法遭遇冷落，曾一度无闻尘世间。但就书法艺术而言不愧为一代大家。吴昌硕赞其"文安健笔蟠蛟螭，有明书法推第一"，当代启功先生也有言："觉斯笔力能扛鼎，五百年来无此君。"

宣德政固，瞻基招揽①。
江夏醉伟②，浙派静庵③。

【韵释】

宣德年社会稳绘事繁盛，明宣宗朱瞻基招募画贤。

江夏派吴士英嗜酒豪放，戴文进创浙派精品世传。

【详解】

① 瞻基招揽：明宣宗朱瞻基（1398—1435 年），汉族，明朝第五位皇帝。在位期间政治清明，人才济济，百姓安居乐业，经济得到空前发展。朱瞻基与其父的统治共有短短十一年，但史学家们评其"功绩堪比文景"，史称"仁宣之治"。

明宣宗还是一位杰出的书画家和书画鉴赏家。他常常挥毫泼墨，写诗作画，并赏赐给众大臣。其绘画偏向花鸟、禽兽、墨竹等带有象征意义的题材，而在风格上明显受到文人画的影响，注重线条和墨韵的表现。书法潇洒劲健，被后人评为"书出沈华亭兄弟，而能于圆熟之外，以遒劲发之"。结字近于赵孟頫，反映出明初以来的风尚。由于酷爱书画艺术，下旨招募大量宫廷画家。其继任者英宗、宪宗、孝宗到神宗等也多受影响，亲近艺术。宣宗培植了数代宫廷画派，在中国书画史上留下了浓墨重彩。

② 伟：即吴伟（1459—1508 年），字士英、次翁，号小仙，明初山水画家，江夏派代表人物。其少时贫穷，流落江苏常熟，被人收养，侍其子读书。吴伟擅画，无师自通，常取笔画地作人物、山水。十七岁到南京，因年少才奇，被呼为"小仙"。后被举荐到北京，得宪宗皇帝赏识，授锦衣镇抚，待诏仁智殿。其生性狂放，不拘礼节，嗜酒如命，求画人常常载酒相见，最终死于醉酒，享年仅五十岁。

吴伟擅长山水、人物，尤其擅画大幅，用笔豪放。画树枝刚劲如铁，画山石干湿兼济，皴染并用，泼墨如云。其人物画有精劲和放纵两种风格，多与山水结合，体态生动，笔法奇纵，刚中有柔，神完气足。传世作品较多，如《渔乐图》《长江万里图卷》《武陵春图》《铁笛图》等。

③ 静庵：即戴进（1388—1462 年），字文进，号静庵，明初山水画家，浙江杭州人。其少时家贫，曾当过制作金银首饰的工匠。据传他偶然在一家熔金铺看到自己精心制作的工艺品被熔化，一气之下，改学绘画。其绘画才华出众，作品气势强悍，技艺超群。除山水外，神像、人物、走兽、花果、翎毛样样精通，在明代前期最为出色，为浙派创始人。其传世作品有《春山积翠图》《金台送别图》《春游积翠图》《关山行旅图》《渔人图》《春游晚归图》《风雨归舟图》等。其中《风雨归舟图》最具代表性，此画现藏于美国华盛顿弗利尔美术馆。

寅虎①倜傥，粗周②秃管。
鲸③肖臣④授，仇英⑤高添。

【韵释】

唐伯虎称才子风流潇洒，沈启南多秃笔粗放疏简。

曾波臣擅肖像周臣授艺，仇十洲活临古踢球妙添。

【详解】

① 寅虎：即唐寅（1470—1523年），字伯虎，一字子畏，号六如居士、桃花庵主等。明代著名画家、文学家，南直隶苏州吴县人。唐伯虎生性风流不羁，而又才气横溢。其以诗文显名，为"吴门四才子"之一；画名更著，为"吴门四家"之一。

唐伯虎出身商人家庭，自幼聪明伶俐，但二十余岁家中连遭不幸，父母、妻子、妹妹相继去世，家境衰败。在好友祝枝山规劝下潜心读书，二十九岁参加应天府公试，得第一名"解元"。三十岁赴京会试，却受考场舞弊案牵连被斥为民，遂绝意进取，以卖画为生。后应宁王朱宸濠之请赴南昌宁王府，但宁王谋反，他无奈以装疯甚至在大街上裸奔，才得以脱身。晚年生活困顿，五十四岁即病逝。临终时所写绝笔诗表露出刻骨铭心的留恋人间而又愤恨厌世的复杂心情："生在阳间有散场，死归地府又何妨。阳间地府俱相似，只当漂流在异乡。"

唐寅擅画山水、人物、花鸟。其山水早年师法周臣，后转学李唐、刘松年。人物画多为仕女及历史故事，师承唐代传统，线条精细，色泽艳雅，体态优美，造型准确，亦作写意人物，笔简意赅。花鸟画长于水墨写意，格调秀逸。同时兼善书法，取法赵孟𫖯，书风俊俏。有《山路松声图》《骑驴归思图》《事茗图》《李端端落籍图》《秋风纨扇图》《百美图》等作品传世。

② 粗周：指沈周，因擅用秃笔，点画粗放而得名。

沈周（1427—1509 年），字启南，号石田、白石翁、玉田生、有竹居主人等，明代杰出画家，长洲（今江苏苏州）人。其一生不仕，专事诗文、书画，是明代中期文人画"吴派"的开创者。其书法师黄庭坚；绘画造诣尤深，兼工山水、花鸟及人物，以山水和花鸟成就突出。在绘画技法上，博采众长，出入于宋元各家，融会贯通，形成粗笔豪放风格，自成一家，为"明四家"之一。传世作品有《庐山高图》《秋林话旧图》《沧州趣图》等。

③ 鲸：即曾鲸（1568—1650 年），字波臣，明代画家，福建莆田人。自幼酷爱书画，长期漫游金陵、杭州、余姚，后寓居金陵。其肖像画风行一时，被称为"波臣派"，《中国绘画史》誉为明代近三百年间"首屈一指"。

④ 臣：即周臣（生卒年未详），字舜卿，号东村，明代职业画家，吴县（今江苏苏州）人。擅画人物、山水和花鸟，画法严整工细，功力深厚。他在传授技艺上成就最大，有两个学生特别著名，一为唐寅，另一为仇英。唐寅、仇英青出于蓝，当时名气已超过老师。周臣是个丰产画家，流传下来作品很多，有《春山游踪图》《春山游骑图》《春泉山隐图》《访友图》等。

⑤ 仇英（1493—1560 年）：字实父，号十洲，明代画家，江苏太仓人。仇英初为漆工，曾师周臣学画，擅长人物、山水，文徵明赞其为"异才"，董其昌也称其为"十洲为近代高手第一"。他年轻时以善画结识许多名家，为文徵明、唐寅所器重，又拜周臣门下，并在著名鉴藏家项元汴、周六观家中见识大量古代名作，临摹创作了大量精品。其创作态度十分认真，每幅画都严谨周密，刻画入微。仇英尤其擅长仕女，偶作花鸟，亦明丽有致，为"明四家"之一。他曾临摹宋代张择端《清明上河图》，但在临作中增加了踢球场面，可谓临创一体，别出心裁。

老莲①夸饰，战行耿丹②。

华亭③顾④始，藤激⑤阳⑥闲。

【韵释】

善夸张至化境陈氏洪绶，颤笔行水纹描性直崔丹。

顾正谊创画派其昌代表，徐渭狂陈淳疏影响广远。

【详解】

① 老莲：即陈洪绶（1599—1652 年），字章侯，号老莲，晚号老迟、悔迟，明末清初书画家、诗人，浙江诸暨人。幼年即喜绘画，九岁父亲去世，随蓝瑛学花鸟。崇祯年间召入内廷供奉，明亡入云门寺为僧，后还俗，以卖画为生。其艺术成就首先表现在版画方面，明清两代是中国版画黄金时代，而陈洪绶版画独霸当时人物画坛。其人物造型多有夸张，颇具稚趣，古朴率真。他虽不以书法名世，但亦有惊人成就。

陈洪绶去世后，其画艺为后人所师承，堪称一代宗师。有名作《九歌》《西厢记》插图及《水浒叶子》《博古叶子》《山水物件花卉册》等作品传世。其工诗善书，著有《宝纶堂集》。

② 耿丹：指性格耿直的崔子忠。

崔子忠（生卒年未详），初名丹，字开予，改名子忠，字道母，号北海，明代画家，山东省莱阳人。他曾游董其昌之门，李自成攻克北京后，绝食而死。崔子忠绘画涉及面尤广，在人物、山水、花鸟方面均有研究，但以人物为长。他善画仕女，题材多佛画及传说故事，取法唐宋，颇具古意。

其与陈洪绶齐名，有"南陈北崔"之称。陈洪绶作品才气横溢，寓美于形色；而崔子忠作品却朴实无华，寓意于内蕴。

③ 华亭：指华亭画派。"华亭派"又名"松江派"，由顾正谊创始，以董其昌为标志。董其昌深谙古法，所画用笔洗练，墨色清淡，古雅秀润，代表了"华亭派"的风格。他以自己的绘画实践作理论基础，开堂说法，提出了引后世争论的"南北宗"学说。他提倡文人画的书卷气，强调南宗绘画的正统地位，从而表明崇南贬北的个人观点。虽然其"南北宗"论为一己之说，但形成了巨大的社会反响，具有广泛的社会基础。"华亭派"中的其他画家还有宋旭、陈继儒、赵左（苏松派）、沈士充（云间派）等。董其昌绘画作品存世有《岩居图》《秋兴八景图》《昼锦堂图》等。

④ 顾：指顾正谊（生卒年未详），字仲方，号亭林，明代画家、诗人，华亭（今上海松江）人，万历时官至中书舍人。晚年筑小亭园于江畔以终老，故号亭林。擅画，早年即以诗画驰名江南，后游长安，名声大噪。其为华亭画派实际创始人。

⑤ 藤激：指徐渭激越狂放的绘画创作状态。

青藤徐渭平素生活狂放，不媚权势，表现在绘画创作上，是一种无法遏止的激情爆发。其狂放，是对前代成法的蔑视，是师心不师迹思想理念的物化，是个性人格的凸显。

徐渭一生命运多舛，屡遭坎坷，晚年悲苦凄凉。他将自己的悲愤和怀才不遇之感宣泄于笔端，创造出了一幅又一幅惊世骇俗的水墨名画。作品流传至今较多，著名的有《黄甲图》《墨葡萄图》《山水人物花鸟》《牡丹蕉石图》等。著作有《四声猿》《南词叙录》《徐文长佚稿》《徐文长全集》等。

⑥ 阳：即陈淳（1482—1544 年），初名淳，字道复，号白阳山人，明中期画家、书法家，长洲（今江苏苏州）人。陈淳自幼饱学，能诗文，擅书法，尤精绘画。少年作画以元人为法，深受水墨写意影响，曾从师文徵明，在其门下声誉最高。他擅长写意花卉，作品虽表现一花半叶，笔墨却简洁精练，淋漓疏爽，意趣闲适，深受当时文人士大夫赞赏。他是继沈周、唐寅之后对水墨写意花鸟画发展作出重要贡献之画家，与徐渭齐名，人称"青藤白阳"。存世作品有《竹石菊花图》《红梨诗画图》《山茶水仙图》《葵石图》《罨画图》等。

　　　　篁①醇农②怪，医傅③绕缠。

　　　　乾隆降旨，秘籍琨瑢④。

　　　　考古日重，蜕变弥艰⑤。

【韵释】

　　　　郑篁醇金农怪各具特质，名医师傅青主点画绕缠。

　　　　乾隆帝降意旨收藏炙热，编巨著刻法帖堪比玉版。

　　　　清中期考金石日渐繁盛，转碑学探新路举步维艰。

【详解】

　　① 篁：即郑篁（1622—1693 年），字汝器，号谷口，清代书法家，江苏上元（今江苏南京）人。其为名医郑之彦次子，深得家传医学，以行医为业，终学不仕。工书，雅好文艺，善收藏碑刻，尤喜汉碑。他少时便立志习隶，学汉碑达三十余年，为访河北、山东汉碑，倾尽家资。家藏碑刻拓片四大橱。

　　清代金石考据学兴起，结束了帖学近千年的统治地位，给靡弱书坛注入了新的活力，书法史也揭开了新的篇章。当时的隶书创作，名家辈出，人才济济，其中郑篁取法乎上，广习汉碑，深得内涵。《曹全碑》为其基本体势与风貌，在此基础之上他又融入行草及其他汉碑特征，晚年形成了奔逸超纵、神采奕扬的隶书风格，以异军突起之势，树起了碑学复兴的第一面旗帜，堪称清代三百年隶书创作的第一座高峰。

　　② 农：即金农（1687—1764 年），字寿门、司农、吉金，号冬心先生等，清代书画家，"扬州八怪"之一，钱塘（今浙江杭州）人。其布衣终身，好游历，晚寓扬州，因生活在康、雍、乾三朝，所以自封"三朝老民"闲号。其书法创扁笔体，兼有楷、

隶特征，时称"漆书"，代表作品有《相鹤经轴》等。五十三岁后工画，尤擅画梅，造型奇古，喜用淡墨干笔作小品，情趣横生。

金农居扬州八怪之首，系核心人物，并且在诗、书、画、印及琴曲、鉴赏、收藏方面均为大家。但他天性散淡，较扬州八怪中其他人，传世作品甚少。

③ 傅：指傅山（1607—1684年），初名鼎臣，字青主，别名真山、浊翁、石人等。系明清之际思想家、书法家，著名医师，山西太原人。傅山作为明代遗民，康熙年间中举，屡辞不得免。至京，称老病，不试而归，顾炎武极服其志节。其与顾炎武、黄宗羲、王夫之、李颙、颜元一起被梁启超称为"清初六大师"。傅山于学无所不通，在哲学、医学、儒学、佛学、诗歌、书法、绘画、金石、武术、考据等方面均有很高成就，在当时有"医圣"之名。

傅山在书法艺术理论上提出"宁拙毋巧，宁丑毋媚，宁支离毋轻滑，宁直率毋安排"观点，对书法艺术创作有着普遍意义和深远影响。其画也达到了很高的艺术境界，所画山水、梅、兰、竹等，均精妙。他的书画都渗透着自己品格孤高的气节和叛逆精神，博得后人高度赞赏。其作品有《右军大醉诗轴》《草书孟浩然诗》《岱宗秀维岳诗轴》等。

④ 秘籍琨璇：秘籍，指《秘殿珠林》《石渠宝笈》两部巨著。笈即书籍。琨璇，指美玉。

《秘殿珠林》《石渠宝笈》是我国书画著录史上集大成之巨著。此巨著自清乾隆八年开始编撰，直到完成，耗时七十四年。两书汇集了清皇室收藏最鼎盛时期所有作品，其中《秘殿珠林》收录的是反映宗教主题的作品，编撰人员均为当时书画大家或权威书画研究专家。而《石渠宝笈》收录了清廷内府历代书画藏品，初编成书于乾隆十年（1745年），共四十四卷，分为九类，每类又分上、下册。续编成书于乾隆五十六年（1791年）。初编、续编藏品，计有数万件之多。三编成书于嘉庆二十一年（1816年），收录书画藏品两千余件。全书修编定稿后，即指定专人以精整的小楷缮写成朱丝栏抄本两套，分函加以保存。一套现存北京故宫博物院，一套现存台北故宫博物院。

《秘殿珠林》《石渠宝笈》中所收录的书画精品，均为宫廷珍藏。但清末民初，溥仪以赏赐等名义，使部分书画名作散失。因此，《秘殿珠林》《石渠宝笈》成为目前挽救这批失落国宝的最重要线索。

⑤ 蜕变弥艰：中国书法重视碑学大概始于清代中叶乾嘉之际，以前基本为帖学。由于唐代以后以"二王"为主体的帖学真本逐渐散失遗尽，学书已失去"二王"正脉传承，笔法的真谛无从学得。这就不可避免地使书法水平每况愈下，从而导致帖学衰微。人们从思想上厌恶已衰退了的走向靡弱和薄俗的帖学，而从物质上又有了逐渐出土的大批碑志造像等可供文人书家们研究、借鉴和学习的实物，碑学的兴起成为自然。但由于清代中前期文人士大夫书法受康、乾对帖学的钟爱及身先士卒表率作用的影响，馆阁体很自然地成为那一时期书法发展的主流，碑学推进异常艰难。到如今碑学帖学已名正言顺地成为书法艺术的两大流派，绝大部分书家都认可了碑帖融合是学习书法的正确态度和正确途径。

崇如①浓裹，方纲②精专。

蝯叟③廷扬④，沂孙⑤梅盦⑥。

汉魂秉绶⑦，布裳邓琰⑧。

【韵释】

刘墉书喜浓墨裹锋味厚，翁方纲重传统深识精研。

何绍基根植颜让之擅篆，笔平实杨沂孙异古之谦。

伊秉绶摄汉魂气格雄厚，邓石如出寒门名震艺坛。

【详解】

① 崇如：即刘墉（1719—1804 年），字崇如，号石庵，清代书法家，山东诸城（今山东高密）人。官至吏部尚书、大学士，职同丞相。

刘墉善于学习历代名家之长，初从赵孟頫入，法魏晋，学钟繇，兼及颜真卿、苏轼及各家法帖，但不囿古人牢笼，勇于创新，超然独出，自成一家。其书喜用浓墨，善用裹锋，初看丰肥拙笨，圆媚浑柔，似团团棉花，全无法度。但细品，其点画转折全出自古人，骨骼分明，绵里藏针，与喜用淡墨的王文治成鲜明对照，人称"浓墨宰相，淡墨探花"。

② 方纲：即翁方纲（1733—1818 年），字正三，号覃溪，清代中期学者、书法家，顺天大兴（今属北京市）人。乾隆十七年进士，官至内阁学士。乾隆三十八年，清廷开设四库全书馆，他被任命为《四库全书》编修一职。

翁方纲学识广博，对颜书、欧书和唐人写经、汉隶都下过很大功夫，讲究无一笔无出处。其行书是典型的传统帖学风格，连贯柔和，不急不躁，浓淡、粗细、行止极有节奏感，不失大家风范。他以书法著称于乾、嘉两朝，与刘墉齐名。

③ 蝯叟：即何绍基（1799—1873 年），字子贞，号东洲，晚号蝯叟，清代晚期书法家，道州（今湖南道县）人。道光十六年进士，授编修，后任四川学政，主长沙城南书院。其通经史，精小学金石碑版，博学多才，工于诗，书法尤著称于世。

何绍基出身于书香门第，父何凌汉官至户部尚书，于诗文书画均有很深造诣。他自幼随父移居北京，亲承传授。其兄弟四人均可习文善书，人称"何氏四杰"。何绍基于书法极为用功，早年学颜真卿，上追秦汉篆隶，临写《张迁碑》《礼器碑》等达上百遍。中年后博习南北朝书，笔法刚健，自成一家，行草书尤为一代之冠。晚年以篆、隶法写兰竹石，寥寥数笔，金石书卷之气盎然。偶作山水，随意挥毫，得石涛晚年神髓。有代表作《东洲草堂诗钞》《东洲草堂文钞》等。

④ 廷扬：即吴让之（1799—1870 年），原名廷扬，字熙载，后以字行，改字让之，亦作攘之，号让翁、晚学居士、方竹丈人等，江苏仪征（今江苏扬州）人。清代篆刻家、书法家，系包世臣入室弟子。其善书画，尤精篆刻，少时即追慕秦汉印作，后直接取法邓石如，得其神髓，又综合自身学识，发展完善了"邓派"篆刻艺术，在明清流派篆刻史上具有举足轻重的地位。他一生治印万方，声名显卓，以致后来学"邓派"者多舍邓趋吴。其对同时代的赵之谦、徐三庚及近代吴昌硕等名家皆影响甚深。

吴让之书法诸体兼擅，而篆隶功力尤深，特别是圆劲流美的小篆有"吴带当风"之妙，为世人所重。

⑤ 沂孙：即杨沂孙（1812—1881 年），字子舆，号泳春、濠叟，清代书法家，江苏常熟人。道光二十三年举人，官至凤阳知府。

其工于篆书，融大、小篆为一体，篆法精纯，学力深厚。他认为邓石如书法清代第一，甚至超过当时名声极高的刘墉，但他并没有仅仅停留在对邓的学习上，而是更加开阔视野，最终脱出"邓派"，形成点画劲利的自家风貌，令人耳目一新。其传世作品有《赠少卿尊兄七言联》等。杨沂孙还精通诸子之学和训古音韵之学，是清代著名的书法、学问俱佳的大家。

⑥ 梅盦：即赵之谦（1829—1884 年），初字益甫，号冷君，后改字撝叔，号悲庵、梅盦等，清代杰出书法家、篆刻家，浙江绍兴人。官至江西鄱阳、奉新知县。

赵之谦自幼读书习字，博闻强识，曾以书画为生。其书法初师颜真卿，后取法北朝碑刻，融真草隶篆笔法于一体。所作楷书，笔致婉转圆通，人称"魏底颜面"；篆书在邓石如基础上掺以魏碑笔意；行草书及隶书亦具有魏碑体势，别具一格。绘画擅人物、山水，尤工花卉，取法徐渭、朱耷、扬州八怪诸家，笔墨趋于放纵，点画雄健，色彩浓艳，富有新意。篆刻成就巨大，对后世影响深远，被称为"赵派"，近代吴昌硕、齐白石等大家均从其处受惠良多。他有大量书画篆刻作品传世，后人编辑出版书册多种。著有《悲盦居士文》《悲盦居士诗》《勇庐闲诘》《补寰宇访碑录》《六朝别字记》等。

⑦ 秉绶：即伊秉绶（1754—1815 年），字组似，号墨卿，晚号默庵，清代书法家，福建汀州宁化人，人称"伊汀州"。其为乾隆五十四年进士，历任刑部主事、惠州知府、扬州知府等，以廉吏善政著称。伊秉绶工书，尤精篆隶，并喜绘画、治印，精于理学，建丰湖书院。伊秉绶从小聪颖好悟，秉承家传，饱读宋儒理学。三十岁赴京赶考，举中正榜，随留居北京。后为大学士朱珪、纪晓岚所赏识与器重，时常出入朱珪府第，还一度住纪晓岚家中，为其孙授课，又拜当时最负盛名的书法家刘墉为师。伊秉绶在清代书坛以擅古隶著称，与当时大书法家桂馥齐名。其隶

书直取汉法，点画刚健，气象高古博大，独树一帜，堪称清代隶书第一人。其行书被评为"笔笔中锋，不露圭角，蕴含凝重，行笔无不如意"。其有诸多作品传世。

⑧ 邓琰：即邓石如（1743—1805 年），初名琰，字石如，因避仁宗讳，遂以字行，号完白山人，清代篆刻家、书法家，安徽怀宁人。

邓石如出身寒门，祖父及父均酷爱书画，皆以布衣终老。邓石如九岁时读过一年书，十七岁开始靠写字、刻印谋生。三十岁后经人介绍至江宁，成为举人梅镠座上客。梅氏自北宋始即为江左望族，收藏秦汉以来金石拓本甚富，邓石如在梅处八年，尽摹藏品。乾隆五十五年，户部尚书曹文入京都，邀其同往。进京后，邓石如以书法享誉书坛，包世臣曾向他学习。他以隶法作篆，突破了千年来玉箸篆的樊篱，为清代篆书开辟了一片新天地。其隶书取法汉碑，结体紧密，貌丰骨劲，大气磅礴，也使清代隶书面目为之一新。其楷书取法六朝碑版，兼取欧阳询父子体势，笔法斩钉截铁。大字草书气象开阔，意境苍茫。总观其四体书法，以篆书成就最大。邓石如又是篆刻大家，开创了皖派中的邓派。他以小篆入印，强调笔意，风格雄浑古朴，刚健婀娜，呈现出"疏处可以跑马，密处不使透风"之特色。

包世臣在《艺舟双楫》中把他的书法列为"神品"，誉为"四体书皆国朝第一"。以"我自成我书"自负的刘墉，赞邓石如书法"千数百年无此作矣"。

包倦^①舟楫，启康^②绍阮^③。

辨析概要，融斋^④妙诠。

导社^⑤缶庐^⑥，嗜玺恒轩^⑦。

【韵释】

包世臣立宏著艺舟双楫，启示了康有为续了阮元。

刘熙载作书概辨析要义，人与书技与道直追本源。

吴昌硕领航于西泠印社，吴大澂精金石广搜深研。

【详解】

① 包倦：即包世臣（1775—1855 年），字慎伯，晚号倦翁，清代学者、书法家、书学理论家，安徽泾县人。嘉庆二十年举人，多次会试不第，随以幕僚身份活动于南北各地，曾在广东海关衙门任职。包世臣学识渊博，喜兵家言，治经济学，对农政、货币以及文学等均有研究。二十八岁时，师从邓石如学篆隶，后又倡导北碑。其主要历史功绩在于通过书论《艺舟双楫》等宣扬碑学，对清代中、后期书风的变革影响甚大，至今为书界称颂。

② 启康：启，启发、启迪。康，指康有为。

康有为（1858—1927 年），字广厦，号长素，又号明夷、更甡，近代著名政治家、思想家、社会改革家、书法家和学者。广东南海人，人称"康南海"，清光绪年间进士，官授工部主事。康有为出身于仕宦家庭，乃广东望族，世代为儒，以理学传家。1898 年组织"公车上书"，成为戊戌变法的主要领导人，变法失败后流亡日本。

康有为在书法艺术方面所作贡献，绝不逊色于他在政治舞台上的作为。他是继包世臣、阮元后又一大书学理论家。所著《广艺舟双楫》从理论上全面系统地总结碑学，提出"尊碑"之说，大力推崇汉魏六朝碑版，对碑派书法的兴盛有着极其深远的影响。其有《泰山》诗轴等诸多作品传世。

③ 绍阮：绍，延续。阮，指阮元。

阮元（1764—1849 年），字伯元，号云台、雷塘庵主，晚号怡性老人。晚清著名作家、刊刻家、思想家，江苏扬州仪征人。乾隆五十四年进士，后任山东学政、浙江学政、浙江巡抚、两广总督等职。阮元出仕乾隆、嘉庆、道光三朝，辗转历官半天下。他虽宦途通达，但始终致力学术研究，注重文化事业。任山东学政时，集中学者和身边幕僚，广泛搜集资料编成《山左金石志》，任浙江学政时又编成《两浙金石志》。其虽为宗帖派，但又长期浸淫于金石碑版之间，并把对书法的认识著述在所撰《北碑南帖论》和《南北书派论》中。他在经史、数学、天算、编纂、金石、校勘等方面也有着非常高的造诣，被尊为一代文宗。

④ 融斋：即刘熙载（1813—1881 年），字伯简，号融斋，晚号寤崖子，清代后期著名学者，江苏兴化人。道光二十四年进士，官至广东学政，后主讲上海龙门书院多年。刘熙载一生研治经学，著有《艺概》一书，这是他对自己谈文论艺札记所做的集中整理和修订。其中《书概》和《经义概》分别谈论了书法艺术同诗与画的关系，以期达到"举此以概乎彼，举少以概乎多"之目的。《书概》还强调人之才学、思想、性情是书法艺术最重要元素。他作为我国十九世纪文艺理论家和语言学家，被称为"东方黑格尔"。

⑤ 社：这里指久负盛名的"西泠印社"。

1904 年杭州篆刻家丁仁、王褆、叶铭、吴隐等四人在"人以印集、社以地名"之理念下创立印社，地点设在杭州孤山南麓西泠桥畔。"西泠印社"其以"保存金石，研究印学，兼及书画"

为宗旨，是海内外该方面历史最久、成就最高、影响最大最广的学术团体，有"天下第一名社"之盛誉。

1913 年举行建社十周年纪念大会，修启立约，发展社员，公推艺术大师吴昌硕先生为首任西泠印社社长。1927 年，吴昌硕逝世，著名金石考古学家、故宫博物院院长马衡继任社长。后有张宗祥、沙孟海、赵朴初、启功、饶宗颐相继担任社长。

西泠印社已有百余年历史，现已发展为一个国际性研究印学、书画的学术团体。2001 年印社被国务院命名为全国重点文物保护单位。

⑥　缶庐：即吴昌硕（1844—1927 年），原名俊，字昌硕，别号缶庐、苦铁等。晚清、民国时期著名国画家、书法家、篆刻家，与任伯年、赵之谦、虚谷齐名为"清末海派四大家"，浙江安吉人。吴昌硕为西泠印社首任社长，是我国近现代书画艺术发展过渡时期的关键人物，堪称"诗、书、画、印"四绝的一代宗师。

吴昌硕出身浙江农村一书香门第，幼时随父读书，又入邻村私塾，十余岁喜刻印章，其父加以指点，初入门径。同治四年中秀才，后移居上海，来往于江、浙、沪之间，遍览历代金石碑版、玺印、书画，眼界大开。其书法楷书学颜鲁公，继学钟元常；隶书学汉代石刻；篆书学石鼓文，用笔之法初受邓石如、赵之谦等人影响；行书得黄庭坚、王铎笔势及黄道周章法。绘画前期得到任颐指点，后又参用赵之谦等人画法。其最擅长写意花卉，并以书法入画，把书法、篆刻的行笔、运刀、章法融入绘画，形成富有金石味的独特画风，对近世花鸟画产生了很大影响，主要绘画作品有《天竹花卉》《寿桃》《紫藤图》《墨荷图》《牡丹水仙图》等。其篆刻从"浙派"入手，后专攻汉印，兼涉邓石如、吴让之、赵之谦等人。因其以书入印，刀融于笔，所以常常表现出雄而媚、拙而秀、古而今、欹而正的特点，成为一代宗师。

⑦ 嗜玺恒轩：嗜，指特别爱好。玺，印章最早的名称，始于周朝。秦以前，无论官印和私印都称"玺"，秦朝时规定唯皇帝印独称"玺"，臣民只能称"印"，这里泛指印章。恒轩，即吴大澂。

吴大澂（1835—1902 年），初名大淳，字止敬，又字清卿，号恒轩。清代学者、金石学家、书画家，江苏吴县（今江苏苏州）人。清同治七年进士，先后任广东巡抚、河南山东河道总督、湖南巡抚。受家庭影响一生喜爱金石篆刻，精于研究，亦工诗文书画及鉴藏古董。即使公务繁忙，戎马倥偬亦从未间断。

其书法以篆书最为著名，将小篆、古籀文结合，别有情致。著作有《愙斋诗文集》《说文古籀补》《字说》《愙斋集古录》《古玉图考》《权衡度量试验考》《恒轩所见所藏吉金录》《吉林勘界记》《十六金符斋印存》等十余种。

逊①祁②翚③鉴④，历⑤格⑥骈闻⑦。
称颂释子⑧，涛⑨耷⑩仁⑪残⑫。

【韵释】

王时敏王原祁王翚王鉴，吴启历恽寿平清初六贤。

清四僧负盛名技高艺妙，有石涛有朱耷弘仁髡残。

【详解】

① 逊：即王时敏（1592—1680 年），字逊之，号烟客，晚号西庐老人等，明末清初画家，江苏太仓人。系首辅王锡爵孙，翰林王衡独子，崇祯初凭前辈功勋获任太常寺卿，故被称为"王奉常"。

王时敏姿性颖异，工诗文，善书法，尤长于隶书，而于画更具天分。其画学宋元，法宗黄公望，后受董其昌浸染，对宋元名迹朝夕临写，笔笔讲求古人法度。由于家中古书名画收藏甚富，使其受益无穷。王时敏画在清代影响极大，开创山水画"娄东派"，与王鉴、王翚、王原祁并称"清代四王"。其存世作品很多，有《雅宜山斋图》《夏山图》《仙山楼阁图》等。

② 祁：即王原祁（1642—1715 年），字茂京，号麓台，画家，"清代四王"之一，系王时敏孙，江苏太仓人。康熙九年进士，官至户部侍郎，人称王司农。

他擅画山水，继承家法，并学元四家，以黄公望为宗。其喜用干笔焦墨，层层皴擦，用笔沉着，自称笔端有金刚杵。因专心画理，主张好画当在不生不熟之间，自出心裁，突破古法，笔法大进，可谓"熟不甜，生不涩，淡而厚，实而清"，书卷之气盎然纸墨外。其作品有《云山无尽图》《辛卯仿大痴山水》等。

③ 翚：即王翚（1632—1717 年），字石谷，号耕烟散人、乌目山人、清晖老人等，画家，"清代四王"之一，江苏常熟人。论画主张"以元人笔墨，运宋人丘壑，而泽以唐人气韵"。王翚一生过着优裕生活，晚年到京主绘《南巡图》后，声誉更高。其传世作品有《千岩万壑图》《溪山红树图》等。

④ 鉴：即王鉴（1598—1677 年），字圆照，号湘碧，自称染香庵主，明末清初画家，"清代四王"之一，江苏太仓人。崇祯六年举人，后任廉州太守，人称"王廉州"。明灭以后，不再为官。其擅画山水，专心于元四家，多取法黄公望，长于青绿设色，皴染兼善，当时和王时敏被推为画坛领袖。其传世作品有《长松仙馆图》《云壑松阴图》等。

⑤ 历：即吴历（1632—1718 年），本名启历，号渔山、桃溪居士、墨井道人，清代画家，江苏常熟人。幼学画，稍长学琴，早年多与西人牧师、神父往来。1682 年他在澳门加入耶稣会，常居圣保禄教堂，后在江浙一带传教，卒于上海。其画明显吸收西方绘画艺术元素，有《渔山袖珍册》《白传溢江图卷》《秋山红叶图》等作品面世。同时还著有《三巴集》，"三巴"即以其居地澳门圣保禄教堂之译音为名。他与王时敏、王鉴、王翚、王原祁、恽寿平合称为"清六家"。

⑥ 格：即恽南田（1633—1690 年），名格，字惟大，后改字寿平，号南田。明末清初书画家，"清六家"之一，武进上店人。其开创了没骨花卉独特画风，系常州画派开山祖师。

他终生处在民族矛盾极其尖锐时代。少时从伯父学画，青少年时期参加抗清义军，家破人亡。当过俘虏，又被浙闽总督收为义子。曾在灵隐寺为僧，返乡后卖画为生，一直赡养父亲。其创作态度严谨，认为"惟能极似，才能传神"，"每画一花，必折花插入瓶中，极力描摹，必得其生香活色而后已"，其传世作品较多，如《花卉》《三友图》《载鹤图》等，著有《瓯香馆集》。

⑦ 骈阗：也作"骈填""骈田"。意为聚合、聚集。

⑧ 释子：即和尚、僧人、僧徒。取释迦弟子之意。《杂阿念经》云："若欲为福者，应于沙门释子所作福。"

⑨ 涛：即石涛（1642—1707 年），俗姓朱，名若极，清初画家，明藩靖江王朱守谦后裔，广西桂林人。其出家为僧后，法名原济，一作元济，小字阿长，字石涛，号大涤子、清湘遗人、小乘客、瞎尊者、伶仃老人、苦瓜和尚等。

石涛擅画花卉、蔬果、兰竹，兼工人物，尤善山水。其画力主"搜尽奇峰打草稿"，一反当时仿古之风。书法工分隶，并擅长诗文。与朱耷、弘仁、髡残合称"清初四僧"。

石涛是明代皇族，刚满十岁即遭国破家亡之痛，削发为僧。为避战乱，四处流浪，故得以遍览名山大川，这为其山水画创作打下了坚实基础。其作《山水册》《听泉图》《细雨虬松图》《搜尽奇峰图》等老辣疏放，清新雅致。尤其《搜尽奇峰图》，属粗笔一路，是其山水画杰作。画中峰险石奇，峭壁回抱，对山形的处理更是概括而集中，与密密麻麻的苔点相组合，形成了特殊的石涛风格，真正达到了"不立一法""不舍一法"的境界，在清初画坛上罕有匹敌。

⑩ 耷：即朱耷（1626—1705 年），字雪个，号八大山人、个山、驴屋等，明末清初画家，明宁王朱权后裔，江西南昌人。明朝灭亡时，朱耷只有十九岁，不久父亲去世，内心极度忧郁、悲愤，于是假装聋哑，隐姓埋名遁迹空门，潜居山野，以求自保。后削发为僧，改信道教，住南昌青云谱道院，系"清初四僧"之一。在其题画中，"八大"和"山人"连接起来像"哭之"或"笑之"，作为他隐痛的寄意。

八大山人之画，笔情恣纵，不规成法，苍劲圆秀。花鸟以水墨写意为宗，形象夸张奇特，笔墨凝练沉毅，风格雄奇隽永；山水师法董其昌，笔致简洁，有静穆之趣，得疏旷之韵。其绘画格调甚高，不落俗套，且具有惊人创造性，对后人影响很大。存世作品有《水木清华图》《荷花小鸟图》《六君子图》等。

⑪仁：即弘仁（1610—1661 年），俗姓江，名韬，字六奇，又名舫，字鸥盟，清代画家。明亡后于福建武夷山出家为僧，安徽歙县人，"清初四僧"之一。其擅画山水、梅竹，工诗文，尤擅绘黄山松石。曾作黄山真景五十幅，笔墨苍劲整洁，富有秀逸之气，给人以清新之感，为"新安画派"创始人。他和查士标、孙逸、汪之瑞等人并称"新安四大家"。存世作品有《枯槎短荻图》《西岩松雪图》《黄海松石图》等，著有《画偈》。

⑫残：即髡残（生卒年未详），俗姓刘，明末清初画家，武陵（今湖南省常德市）人。二十岁出家，法名髡残，字石溪，号白秃、石道人等。他削发后云游各地，四十三岁定居南京大报恩寺，后迁居牛首山幽栖寺，度过后半生，系"清初四僧"之一。

髡残身染痼疾，性寡默，潜心艺事，艺术上与石涛并称"二石"。其善画山水，亦工人物、花卉，山水画主要继承元四家，尤其得力于王蒙、黄公望。髡残在学习传统基础上，重视师法自然，自谓"论画精髓者，必多览书史。登山寡源，方能造诣"。其存世代表作有《报恩寺图》《云洞流泉图》《层岩叠壑图》和《雨洗山根图》等。

洋郎①合璧，燮②梦篁园③。
聘④翔⑤勉⑥鳝⑦，膺⑧撰⑨贞⑩嵒⑪。
任颐⑫虚谷⑬，魅力蕴含。

【韵释】

洋画家郎世宁西中合璧，郑板桥画墨竹情系梦牵。
被称怪有聘翔李勉李鳝，李方膺及陈撰闵贞华嵒。
任伯年乃先驱巨擘虚谷，师传统重发展魅力蕴含。

【详解】

①　郎：指郎世宁（1688—1766 年），原名朱塞佩伽斯底里奥内，意大利画家，生于米兰。1715 年以传教士身份远涉重洋来到中国，被重视西洋技艺的康熙皇帝召入宫中，从此开始了长达五十多年的宫廷画家生涯。

郎世宁先后受到康熙、雍正、乾隆重用，在清廷官封三品。他向皇帝展示欧洲明暗画法之魅力，并将此技法传授给中国宫廷画家，使得清代宫廷绘画带有"中西合璧"的特色，呈现出不同于历代宫廷绘画的新颖面貌。其代表作有《百骏图》《聚瑞图》《嵩献英芝图》《平定西域战图》等。

②　燮：即郑燮（1693—1765 年），字克柔，号板桥，人称板桥先生，清代画家，"扬州八怪"之一，江苏兴化人。乾隆元年进士，曾任河南范县及山东潍县知县。为官期间十分关心民间疾苦，因此常与权贵相抵触，无奈称病引退，后主要客居扬州，以卖画为生。郑板桥诗、书、画均旷世独立，世称"三绝"。其书别致，隶、楷参半，自称"六分半书"。绘画擅长兰、竹、石、松、菊等，其中画竹五十余年，成就最为突出。在其文集中，写

竹诗比比皆是，如诗句"四十年来画竹枝，日间挥洒夜间思"，足见对画竹所倾注巨大心血。他是清代最具代表性的文人画家，代表作有《竹石图》《墨竹图》《兰竹图》等，著《板桥全集》。

"扬州八怪"是清代中期活跃于扬州地区的一批风格相近的书画家的总称，也称"扬州画派"。不过八怪中八人互有出入，相传有多个版本，很难统一。但扬州八怪大胆创新之风，一直为后世所传承。

③ 篁园：指竹子园。

④ 聘：即罗聘（1733—1799 年），字遁夫，号两峰、花之寺僧、金牛山人、衣运道人、蓼洲渔父等，清代画家，"扬州八怪"之一。祖籍安徽歙县，后迁居扬州，拜金农为师，学诗习画，终身布衣。

清乾隆三年，罗聘携画至京师，拜谒名流，所作八幅《鬼趣图》最受注意。他次年开始南归，游历鲁、晋、豫、鄂等地多年，后因囊中羞涩而返故里，以书画为生。乾隆四十九年，应请为重宁寺作大幅壁画，画中仙佛人物惟妙惟肖，传为名胜。其画构思奇特，形象怪奇，正如吴锡麟所说："五分人才，五分鬼才。"

⑤ 翔：即高翔（1688—1753 年），清代画家，字凤冈，号西唐，扬州人，"扬州八怪"之一，终身布衣。曾随石涛学画，李斗《扬州画舫录》中记载："石涛死，西唐每岁春扫其墓，至死弗辍。"其诗、书、画、印均受世人重视，在八怪中以画山水著称，用笔洗练，构图新颖，风格清秀简静。其存世作品较少，扬州博物馆藏有《弹指阁图》。

⑥ 勉：即李勉（生卒年未详），字啸村，清代画家，"扬州八怪"之一，安徽怀宁人。其寓居江苏扬州，晚年落魄，寄食江苏瓜洲，与李鱓为挚友，时称"二李"。李勉工诗画，擅山水、花卉、翎毛，曾为两淮盐运使卢雅雨画《虹桥揽胜图》，享誉当时。

从其印"用我法"中能感受到他主张自立门庭，不食别人残羹的创作理念。李勉有《墨荷图》存世，笔简意深，大致反映出其绘画面貌，另著有《啸村近体诗》三卷。

⑦ 鳝：即李鱓（1686—1762 年），也作李鲤，字宗扬，号复堂，别号懊道人，清代画家，"扬州八怪"之一，江苏兴化人。其以画供奉内廷，因得罪上司而被罢官，后居扬州，以画为生。

他曾随蒋廷锡、高其佩学画，后受石涛影响，擅花卉、竹石、松柏。早年画风工细严谨，颇有法度，中年转入粗笔写意，大胆挥洒，感情充沛，富有气势。其作品曾遭到保守者反对，认为霸悍。有《土墙花蝶图》《城南春色图》《蕉竹图》《五松图》等传世。

⑧ 膺：即李方膺（1679—1755 年），字虬仲，号晴江，又号秋池、抑园、白衣山人，清代画家，"扬州八怪"之一，江苏通州人。曾任知县，以不善逢迎，获罪罢官。其善画松、竹、梅、兰和草虫，老笔纷披，画梅尤精。他曾赋诗"触目横斜千万朵，赏心只有两三枝"，说明画家对画梅取舍要求甚严，与石涛"搜尽奇峰打草稿"同理。李方膺间作山水、人物，豪放苍劲，水墨淋漓，尤擅长大幅，颇具士气。其有作品《竹石图》《风竹图》《游鱼图》等传世，另著有《梅花楼诗钞》。

⑨ 撰：即陈撰（1678—1758 年），字楞山，号玉几，又号玉几山人，清代藏书家、书画家，浙江鄞县（今宁波）人。其为国子监生，乾隆元年被荐举博学鸿词科，拒不应试。通政使赵之桓闻其才名，荐于朝中，他也坚辞不就。陈撰喜蓄书，精于鉴赏，建有藏书楼"玉几山房"，藏书充栋。其书画艺术成就颇高，曾以书画游于江淮间，工草书和写生，尤喜画梅花，并擅赋词。其所作花卉，疏简间逸，格调清雅，与李鱓齐名，人称"复堂玉几"。代表作有《荷香到门图》《梅花册页》等，著《玉几山房吟卷》《绣

铁集》，辑《玉几山房画补录》。

⑩　贞：即闵贞（1730—1788年），字正齐，清代画家，"扬州八怪"之一，江西南昌人，侨居汉口镇，曾流寓扬州。其画学明代吴伟，善画山水、人物、花鸟，多作写意，笔墨奇纵，偶有工笔之作。闵贞人物画最具特色，线条简练自然，形神逼肖。传世作品有《蕉石图》《花卉图》等。

⑪　嵒：即华嵒（1682—1756年），字秋岳，号新罗山人，清代画家，"扬州八怪"之一，福建上杭白沙村人。其早年家贫，在造纸坊当过小徒工，在景德镇当过画工，侨居扬州时间较长。华嵒平生不慕荣利，潜心艺术，擅画人物、山水、花鸟、草虫，脱去时习，力追古法，写动物尤佳。其有画作《天山积雪图》《林梢雀跃图》《海棠禽兔图》等传世。

⑫　任颐（1840—1896年）：初名润，字小楼，后字伯年，清末杰出画家。浙江山阴人，故画面署款"山阴任颐"。他与吴昌硕、蒲华、虚谷并称为"清末海派四杰"，并为其中佼佼者。任颐儿时随父学画，十四岁到上海，在扇庄当学徒，后得到任熊、任薰授业，进步迅速。与吴昌硕、吴友如均有交往。所画题材极为广泛，人物、花鸟、山水、走兽无不精妙，人物和花鸟成就尤为突出。其作品构图新颖，笔墨丰富多变，虚实相生，富有诗意，风格独到。其与叔伯辈的任薰、任熊有"三任"之称，但任颐成就最大，被誉为"仇英后中国画家第一人"。有《苏武牧羊》《女娲炼石》《观耕图》《关河一望萧索》《群仙祝寿》及大量人物、花鸟、山水等作品传世，后人为其出版画集多种。

⑬ 虚谷（1823—1896 年），清代著名画家，"清末海派
四大家"之一，有"晚清画苑第一家"之誉。俗姓朱，名怀仁，
僧名虚白，字虚谷，别号紫阳山民、倦鹤，室名觉非庵、古柏草
堂、三十七峰草堂，籍贯新安（今安徽歙县），居广陵（今江苏
扬州）。其初任清军参将，与太平军作战，意有感触，后出家为
僧。早年学界画，后以擅画花果、禽鱼、山水著名。风格冷峭新
奇，秀雅鲜活，无一笔滞相，匠心独运，别具一格。其性情孤僻，
非相处情深者不能得其片纸，亦能诗，著有《虚谷和尚诗录》。
传世作品有《梅花金鱼图》《松菊图》《葫芦图》《蕙兰灵芝图》
《花鸟册》《枇杷图》等。

齐璜①名耀，悲鸿②破樊。

晚熟宾虹③，定标于髯④。

【韵释】

齐白石书画印大名显耀，徐悲鸿融中西冲破篱藩。

黄宾虹精笔墨大器晚成，于右任研草书制定标杆。

【详解】

① 齐璜：即齐白石（1863—1957 年），原名纯芝，后改名璜，号白石，现代杰出画家、书法家、篆刻家、诗人，湖南湘潭人。其曾任中央美术学院名誉教授、中国美术家协会主席等职。

齐白石早年为木工，年轻时被称为"芝木匠"。其时家庭清贫，后有《往事示儿辈诗》："村书无角宿缘迟，廿七年华始有师。灯盏无油何害事，自烧松火读唐诗。"1889 年拜胡沁园、陈少蕃为师学诗文，得胡帮助，脱离木工生活，专习绘画，为人作肖像养家。四十岁左右离家远游，从此眼界渐开，五十七岁后定居北京，画法始变。他于徐渭、八大、石涛、金农、李婵、吴昌硕绘画中汲取精华，融会贯通，自成一家。擅画花鸟、虫鱼、山水、人物，衰年变法。笔墨雄浑滋润，色彩浓艳明快，造型简练生动，意境淳厚朴实。所作鱼虾虫蟹，趣味横生。其书法擅篆隶行草，古拙苍健，篆刻自成一家，与书画相融通，并善诗文。其代表作有《墨虾图》《蛙声十里出山泉》《鱼虾图》等。著有《白石诗草》《白石老人自述》等。

② 悲鸿：即徐悲鸿（1895—1953 年），原名徐寿康，早年深感世态炎凉，悲从中来，犹如鸿雁哀鸣，遂更名"悲鸿"。现代画家、美术教育家，江苏宜兴人。曾留学法国学西画，归国后长期从事美术教育，先后任北平大学艺术学院院长、北平艺术专科学校校长，1950 年任中央美术学院院长，并出席第一届世界和平大会。

徐悲鸿出身贫寒，九岁左右随父习画，初学吴友如，一度陪伴其父到无锡、常州村镇，靠卖字画为生。后到上海，曾画一匹马，寄给审美馆高剑父、高奇峰，受到"二高"赞识，得以在复旦大学攻读法文，然后赴日本、法国留学，学习绘画。1933 年起，他先后在法国、比利时、意大利、英国、德国、苏联举办中国美术作品展和个人画展。抗日战争爆发后，在中国香港以及新加坡、印度举办义卖画展，宣传支援抗日。

徐悲鸿擅长素描、油画、中国画，他把西方艺术手法融入到中国传统绘画中，显示出极高的艺术技巧和广博的艺术修养，堪称"古为今用、洋为中用"之典范。其创作题材广泛，山水、花鸟、走兽、人物、历史、神话，无不落笔有神，栩栩如生。油画《田横五百士》《九方皋》《愚公移山》等巨幅代表作，充满爱国主义情怀，表现出人民群众威武不屈的精神和对光明世界的向往。所画奔马、雄狮、晨鸡等，给人以生机和力量，令人振奋，尤其奔马，更是驰誉中外，几近成为"现代中国画"的象征。

1953 年，徐悲鸿因脑出血病逝，享年五十八岁。遵其遗愿，夫人廖静文将其作品和藏品一万余件，全部捐献给国家。次年，位于北京市西城区新街口北大街五十三号的徐悲鸿故居，被辟为徐悲鸿纪念馆，周恩来总理亲笔题写匾额。

③ 宾虹：即黄宾虹（1865—1955 年），名质，字朴存，号予向、虹叟等，近现代画家，祖籍安徽歙县，生于浙江金华。他曾在北京、杭州等地美术学院任教，为山水画一代宗师。

黄宾虹可谓早学晚熟画家，谓其晚熟，不仅在技巧方面，更在于师法造化即师法大自然方面。在我国近现代绘画史上，其与居住北京的花鸟画巨匠齐白石有"南黄北齐"之称。雨山、夜山是他最擅长的绘画主题，其用笔如作篆籀，遒劲有力，纵横奇峭，章法虚实、繁简、疏密相间。七十岁后，积墨、泼墨、破墨、宿墨等技法互用，使山川层层深厚，气势磅礴，惊世骇俗。所谓"黑、密、厚、重"正是其作品的真实写照。人们常用石涛题画诗句"黑团团里墨团团，黑墨团中天地宽"，来描述黄宾虹晚年山水画。此显著特点，也使中国山水画上升到了一种至高无上的境界。其书法于钟鼎文功力较深。其代表作有《秋林图》《湖山晴霭》《宿雨初收》等，著有《黄山画家源流考》《虹庐画谈》《画法要旨》等。

④ 于髯：指于右任（1879—1964 年），原名伯循，字诱人，后以"诱人"谐音"右任"为名，别署骚心、髯翁，晚年自号太平老人。近现代著名教育家、书法家，陕西三原人。其早年系同盟会成员，后长期在国民政府担任高级官职。

于右任书法原从赵孟頫入手，因魏碑具有粗犷豪放之气，象征着"尚武"精神，故改而攻之。他以一种忧国忧民的意识试图唤起中华民族之觉醒，并将此情感寄托于书法。其在魏碑基础上融入篆、隶、草法，大气磅礴，独辟蹊径。此后中年变法，专攻草书，参以魏碑笔意，自成一家，被誉为"近代草圣"。于右任曾说："有志者应以造福人类为己任，诗文书法，皆余事耳，然余事亦须卓然自立。学古人而不为古人所限。"

1932 年于右任在上海创办标准草书社，以易识、易写、准确、美丽为原则，整理、研究、推广草书，编成《标准草书千字文》（1936 年由上海文正楷印书局初版），影响深远，至今仍在重印。其有诸多作品传世，著有《右任诗存》《右任文存》等。

星辰迷漫，晖灿遗产。

仰慕峻岭，尤冀巍巇①。

道昭禹域②，光熠人寰③。

【韵释】

众英杰若星辰弥漫天际，为人类增无穷辉灿遗产。

超智慧筑高山世人仰慕，更期待后来者创造峰巅。

艺之道民族魂昭于中国，似日月经天地光耀人间。

【详解】

① 尤冀巍巇：意为更期待高峰。冀，希望、期待。巇，山峰。

② 禹域：指中国。传说大禹治洪水，走遍全国，因此旧时把中国称作禹域。

③ 人寰：人间，人世。出于南朝宋鲍照《武鹤赋》："去帝乡之岑寂，归人寰之喧卑。"唐白居易《长恨歌》也有句："回头下望人寰处，不见长安见尘雾。"清蒲松龄《聊斋志异凤仙》也有"近视之，酣睡未醒，酒气犹芳，赪颜醉态，倾绝人寰"之句。

张继诗选

怀念毛泽东

浩然正气贯苍穹，一代天骄旷世雄。
国运弘开人去后，江山依旧沐东风。

湘 河 颂

原本是湘河，泠泠起巨波。
涛声惊世界，流韵奏清歌。

访友人书院

藤绕重门曲径伸，棠梨次第拂轻尘。
墨香茶韵情怡处，喜有佳朋正醉春。

酬和友人诗韵

有朋传雅韵，兴至立酬和。
平仄铿金石，真言不在多。

处世感悟

四海立身诚不易，为人处世最关情。
寸心当以真言表，万念先从厚道行。

毛　笔

清竹一竿瘦，头生玉兔毫。
莫言笋管细，翰海势涛涛。

品枣思念故乡

秋来枣色红，珍蜜果中雄。
感念家乡树，经年立大功。

湖畔人家柳色新

嫩绿轻黄色未匀，柔枝曳曳楚腰新。
西浮篱栅东浮水，湖畔人家早入春。

柳笛迎春

东风舞细腰，童子折柔条。
袅袅鸣声亮，送春升碧霄。

纪念长征胜利八十周年

悠悠八十庚，举国念长征。
屡破乌蒙险，何惊大渡横。
雪山埋铁骨，草地显英名。
先烈当含笑，今朝旆更擎。

春山雅集

雅聚仰山欣沐春，论书乘兴墨华新。
北碑南帖皆无意，古趣今情更得神。
脱俗何须言避世，思齐岂可不勤身。
兰亭韵事传千载，此际骋怀钦故人。

强军战歌

华夏乘风越远洋，护航号角奏铿锵。
三军统帅施良策，一代雄狮傲霸王。
不惜献身求国泰，为能圆梦保民强。
铁肩使命肝肠热，更谱新歌响四疆。

融斋春意

窗临曲水融斋绕，鸟语花开万物苏。
红木香薰通壁墨，绿萝清映满堂书。
羊毫未洗缘常用，典册随翻不觉孤。
但慰平生疏闹市，笔耕甘乐在蓬壶。

天山春望

万里澄云映碧空，雪巅遥望日连峰。
翠衣本是藏山树，绿浪原为拂面风。
蝶恋奇花谁更醉，笛吹妙曲我堪融。
莫言世上无仙界，深入天然俗念穷。

应友邀远郊雅聚

牧声随日落，帐外爨烟飘。
果脆茶情厚，肴香酒兴超。
举杯思旧绪，感物话今朝。
忘返酣歌后，何时君更招？

咏王羲之

风流王逸少，坦腹却成姻。
墨赠缘鹅爱，扇题怜姥贫。
纵情诗送酒，乘兴笔传神。
为有兰亭帖，光昭万代人。

咏颜真卿

忠烈标青史，翰池尤圣雄。
劲圆承古法，正大树新风。
文祭情融血，座争威若洪。
墨魂今尚在，吾辈获无穷。

咏欧阳询

溅血修家史，少年深苦忧。
命涵仁智勇，力运竖横钩。
三日观碑苦，九宫鸿笔遒。
若求圆正意，授诀孰超欧？

咏怀素

稚岁始藏真，孑然超世尘。
幽幽担笈苦，漫漫种蕉频。
醉里飞雷电，狂来震鬼神。
妙毫难自叙，千古韵尤新。

宋元泉州港

风樯鳞集远漂洋，涨海声中万国商。
今日应知前世论，刺桐繁盛冠东方。

题漓江芙蓉峰

烟雨弥漓水，芙蓉耸太空。
诗辉风景道，曲和鉴僧钟。

创作有感

倾心翰墨继前贤，振笔还须意在先。
雅俗从来评说众，古新时见认知偏。
行舟有志凭江阔，滴水多情任石坚。
画印兼融成妙趣，诗书合璧得天然。

郑和下西洋

郑和连次下西洋，世界海航欣拓荒。
久广遥庞无比拟，纚联绝域续通商。

海上丝绸之路

茫茫海路通，区域划南东。
发轫追秦汉，求成贯始终。
巨帆输远异，宏港铸魁雄。
无畏波涛险，文明天下融。

泉州洛阳桥

奇桥横碧海，繁港绝危船。
殖蛎凝基妙，随潮架石坚。
措资依众德，善政颂襄贤。
洋货输中域，商通惠万年。

题　篆　刻

印逢秦汉势呈雄，皖浙更骄文字功。
代代宗师推古法，家家流派竞新风。
精心落墨参诸艺，大胆驱刀现鬼工。
方寸之间天地阔，更期吾辈践融通。

德化白瓷

德化天工巧，白瓷基业昌。
泽明超朗玉，质美比琼浆。
远贾千帆集，通洋万里长。
今朝多立异，盛誉满殊疆。

高参法师

云游传法感禅心，宜戒清规强武林。
巨擘神威祛蠹弊，培基南国万宗钦。

夏夜诗兴

盛夏夜长灯，低吟且笔兴。
何须逢爽日，藏拙拜诗朋。

书法批评

翰墨相承多体变，标新革故论洋洋。
书风失雅批为爱，法笔传神评乃彰。
旨远思明文独拔，意纯言净德端良。
鸿才旷古怀天地，欣慨国华斯世昌。

雅集感怀

兰渚雅行多，群贤拟永和。
不经觞咏急，临水怯吟歌。

登台有感

初闻心切切，缘晓困登台。
未了拳拳念，何时可复来？

学　诗

名山饱览拓胸襟，昨日临池今日吟。
妙语连珠何处觅？朝朝暮暮见倾心。

读毛泽东诗词感怀

胸中藏锦绣，笔下汇涛声。
气势穿今古，哲思扬旆旌。
堪称仙李韵，更越圣苏情。
一座诗峰矗，千秋万世名。

兰亭感怀

兰亭别后已多载，仿若昨天同诵吟。
常沐春风思晋圣，每凭曲水寄琴心。

烹　蔬

瓜蔬本是寻常物，今日食来超海鲜。
美味佳肴无意取，亲烹趣雅尽欢然。

篁　林

园内大篁林，竿竿耸百寻。
生来原有节，直上秉虚心。

临帖有感

相柔刚劲里，动静构成中。
深悟奇思远，精临妙境通。

茶兴之一

煮茶烹雪享诗梦，正恰太湖春意隆。
阳羡一壶天下客，雅谈四座起薰风。

茶兴之二

叶绿宜兴阳羡红，相邀挚友堕茶中。
新诗互备吟声叠，墨舞欢歌乐共融。

清明

柔晴细雨默无闻，玉穗金丝饰绿裙。
花信风来春且换，烟催槐叶正思君。

和黄君兄《三贤集出版感赋》

倾怀相启意长延，诗韵清新仰矩贤。
身似西方无量佛，铿然耄耋比英年。

附：黄君诗《三贤集》出版感赋

大雅风骚继此延，人天聚目仰三贤。
一把柔丝情更切，飞思直上五千年。

启蒙

农孩懵懂恋村头，但爱墙西笔力遒。
身似西方无量佛，铿然耄耋比英年。

融斋楹联

胸襟阔，艺道长。

八方雅客，四座春风。
紫砂献艺，红运当头。
丁年运盛，酉鼎酒醇。
地天齐泰，心手双敏。
祥光普照，福运频来。
清盈圣地，妙奏谐音。
周严行事，和善为人。
周严得道，仁厚生金。
圆成永福，锁定初心。
高风处世，亮节为人。
持谦处世，积善成贤。
克伏沉痼，勇迈崇峰。
发于心慧，乐在墨香。
胸襟博奥，心地明达。
杏林竞秀，药苑浮香。
真金不镀，矫迹方华。
不思闹市，但爱恬斋。
春秋万胜，德艺双馨。
新人新作，古韵古风。
丁年业盛，酉室书香。
融碑于简，求趣由心。
瑞图良册，璞玉浑金。
长枪在手，壮志萦怀。

丹荣开丽幕，阳地荡英声。

福运宏开盛，禄星高照长。

翠院祥光耀，华堂喜气盈。

高门添喜气，瑞风伴良辰。

喜善千番顺，中和万事兴。

荣熙添胜景，奥美展鸿风。

安祺盈牖户，壮美展经纶。

金色盈贞道，玉声从苦心。

上哲称圣善，红运兆昌隆。

高劭承千载，顺安值万金。

炳慧开新局，昌明耀盛年。

洪泽子孙享，芳兰世代馨。

雅醇多美意，安泰尽和风。

韶光开盛景，红运肇吉年。

鸿福承天德，沃畴拥地灵。

昭泰开祥瑞，肃勤极富康。

翰海观千里，神州兴万方。

国运欣荣泰，家园集富强。

真履开金道，华年耀玉晖。

陋室腾佳气，盈庭铺瑞霞。

彰明含骏远，荣泰乐康平。

卅载辉煌业，九州奇丽天。

四序山川丽，卅年勋业彰。

旭日辉金道，春风传玉音。

福地霞光耀，云心阳雁飞。

厚道平和面，富康如意春。

善念心田阔，诚怀境界高。

文礼承儒道，剑光谐玉声。

旧德生康乐，初荣自洁馨。

丽容人富贵，明德业昌隆。

鸿途铺锦绣，雅士满经纶。

和合兴业久，明鉴立身高。

贤德赢荣业，华章悦众心。

嘉德声名亮，奇书世代传。

快惬千年健，浃和万物谐。

合度心常泰，从贤气自高。

杨柳青青立，英贤逊逊行。

素雅盈真气，平实得远名。

奥略知才盛，尊行见德高。

敏手发灵性，嘉名凝爱心。

足金经世贵，伟木立功高。

庆誉归贤士，诚身在远怀。

懋功依大德，显誉属雄才。

全德开贞道，贤门盈爱心。

全策循高道，和言畅惠风。

美情含馥郁，杰士自澄高。

善念存高德，忠言伴厚行。

处世多高节，交朋无俗音。

铜金坚有度，仁爱惠无边。

义路开佳境，恩辉耀远程。

疏襟多美意，胜事萃华年。

明心堪概要，淳德必通情。

明心盈锐气，贤德耻空言。

入世和为本，立身诚在先。

盛名存大德，诚道蕴贞情。

周到勤为本，欣合暖若春。

厚情犹碧海，妙理启长流。

虚怀多逸韵，和气自安神。

修心松品质，立脚竹精神。

大雅存高远，深幽见古今。

宏通和乐贵，雄拓富荣长。

方峻操行正，圆通心气和。

辽远胸襟阔，宁嘉艺道长。

一鸣传喜讯，三省铸金山。

涵容唯大德，坦率见真情。

平常心做事，立正态为人。

礼让怀高德，锋发载远思。

仁厚融和域，清平自正心。

周涵依厚德，恬适乐连年。

放怀轻珙璧，交友耻虚言。

林会盈春意，海涵传佛心。

仁贤称至德，亮达乃高风。

爱心金世界，明德玉精神。

四美行天地，十全推圣贤。

群彦尊高道，宁居乐素心。

庆誉生香远，仁心聚善多。

君行文最乐，臣道德为先。

明行真最乐，高道善为先。

家和千福至，众善万般兴。

雅意知鱼乐，清心感蕙香。

兴道惟君子，和言乃惠风。

新明高士境，中允大邦风。

洪德襟怀荡，幽思理路通。

周慎行公道，强雄赢众心。

韶光昭俊彦，迅翼振金声。

豪言增意气，志士跃鹏程。

长空鹏展翼，峻崿势极天。

大道通灵界，平川起众峰。

珠联成巨构，海阔任雄风。

长行心界阔，高会艺坛欢。

秋获归勤者，春耕蕴富兮。

王道通宏界，廉芒树俊才。

立业循高道，安居乐素心。

圣德扬宏道，金言励后生。

魁品赢公论，杰思铸大观。

雄奇开旷远，高素必清廉。

真履开金道，奇功伴玉骢。

贤明为隽杰，健硕焕青春。

鉴古心如镜，尽职政顺民。

笃励逶途远，醇和美质彰。

君道存嘉德，群心奔大康。

茂业依雄志，高怀贵大贤。

元善存高道，博闻见远怀。

志士常无畏，斋心贵有恒。

绥安期隽远，勤奋自高达。

岁岁通身正，时时万念清。

九域长城固，八方大业兴。

燊盛兴贤业，腾骧壮远程。

朗夷通圣境，俊茂得真知。

天道存高见，云峰极大观。

玉骢驰大地，云雁志辽天。

启导依灵智，高翔得壮观。

忠智乾坤大，贤明天地宽。

有为终日乐，无欲满身轻。

读书明事理，立德重操行。

登高开眼界，弃旧荡心灵。

舞墨迎晨旭，著书贪夜灯。

兴业翔金翼，持身贵玉心。

言行崇素德，心志在勤身。

礼门兴德重，义路修身清。

志心扬粹学，雄论立鸿篇。

大计开新举，宽怀履厚行。

薰风拂大地，良策惠群生。

文雅开成局，耽勤兆瑞年。

金色辉仁道，浩波济远帆。

建树依贞德，瞻言现慧心。

小行成大道，远目见贞心。

发端当俨正，治本重维新。

放眼遥天外，扬声巨巇巅。

广开天地卷，尽得古今情。

振扬刚毅志，弘化雅淳风。

明诚存厚德，奋历见初心。

书就人生志，弘开艺业程。

跃马迎风啸，征帆穿浪行。

志诚当阔步，气馁自低容。

骥腾驰绝地，燕逸舞遥空。

鉴古怀鸿志，开今展大观。

廉勇多佳政，平和得善缘。

颖异缘聪智，清澄若亮怀。

发端当俨正，趋步务从新。

治职心怀敬，修身行在先。

雅淳心谨厚，超拔语诚真。

赏先贤妙语，感益友淳情。

逊心彰硕德，杰笔著雄文。

润气滋灵物，清风寄亮怀。

雄文发奥义，君子乐清风。

观涛思放旷，奋笔任驰腾。

戴星行远道，沐雨览奇山。

剑气灵为贵，峰巅势自雄。

美情从未少，佳绩向来多。

一心师德道，巨略蕴经纶。

明月清流远，刚风劲木雄。

玉道通宏界，平川起大山。

改岁开新境，革风欣大成。

清幽晨练笔，仁笃日修身。

作风春送暖，品格德超凡。

行健开宏域，登高放逸歌。

富安当报国，庆悦恰逢春。

强奋乾坤大，欣合天地宽。

博通雄著立，友善爱心倾。

孟晋而威立，隆兴乃势雄。

正自心根上，雄于学苑中。

苦心追秀句，悟道读奇书。

新木当庭直，良才及弟多。

继善成勋业，标新益迩遐。

坦诚如玉贵，媛美更才全。

洪旷思千里，奋呼凝众心。

鸿波腾墨海，亮眼辨时风。

顾照程途远，闳博云汉清。

多能为世赏，巧匠在人成。

高啸挥狂墨，永康赢劲松。

雄秀书姿妙，明敏艺道长。

高论群书载，开樽狂墨挥。

精品传千载，华章冠九州。

文心承厚德，墨士献嘉猷。

德华兴艺业，国粹重风神。

高学勤为本，纯行善作基。

视频憎鄙俗，书道重贤良。

振笔飞灵趣，引吭怀挚情。

中锋通古法，南帖寄新思。

研书书有道，笃艺艺成林。

教风如瑞雨，师爱胜甘泉。

创千秋大业，育一代英才。

福地开书卷，玉毫扬墨魂。

草体通神境，书坛戒躁心。

诗书新气象，画印古情思。

贞良怀善意，胜妙读奇书。

清遒千曲妙，斌蔚万文宏。

隽语馨天下，法书名世间。

杰笔传思巧，华年拓路宽。

景色书山好，峰巅蹬道长。

文翰才思远，诗风意界宏。

生花多妙笔，得韵必倾情。

汉碑传古韵，书体展奇姿。

汉字通天道，隶书承祖风。

鉴古乾坤大，开今天地宽。

毛颖凝大智，笔力壮雄文。

跃心追雅趣，飞墨伴孤灯。

卫生千古事，文化满园春。

九宫书有法，五体墨生辉。

书林开眼界，文藻润心田。

妙笔开奇境，高才见远怀。

书山寻妙语，艺海赏奇观。

风雨千秋笔，云烟万象图。

奇文生古趣，隽语畅真情。

古法多清韵，奇书有醇香。

登台同舞墨，望月乐抒怀。

中秋天镜耀，巨笔墨龙飞。

遐思驰万里，妙语值千金。

秀语深人智，生花妙笔功。

夏鼎多奇趣，高彝发古香。

新书超宝璐，古墨永清辉。

霞蔚诗章妙，风翻翰墨奇。

峻笔宣宏论，良言蕴挚情。

艺道开新界，儒门集大成。

曲笔开奇境，遒文含妙心。

书体真行篆，画风南北中。

生花凭妙笔，明理启群心。

凯歌传雅韵，旋律伴清姿。

中锋书篆字，上朕启骈文。

芳泽生笔底，雅意出胸间。

玉砚滋椽笔，晨风送墨香。

小毫推力作，大智见平心。

振笔诗书画，盈庭梅竹兰。

振笔扬仁道，读书通远神。

画坛多古意，界笔乐奇风。

庭园佳木郁，书画妙格超。

文礼嘉声远，菁华美韵长。

中和如玉润，峻健比山峤。

书学通天道，诗格承古风。

金昇开书卷，玉庭飞墨魂。

汇四方珍宝，极千古大观。

聚古今珍宝，极天地大观。

篆字通玄道，书风继古贤。

六体承天道，十经凝圣心。

四方求学客，十色动人书。

四艺传今古，十经通地天。

四艺醖天地，十经传古今。

书学通玄道，汉碑承古风。

雅曲通遐久，清词焕晋明。

扬芳腾凤彩，雄笔壮玄经。

正书盈浩气，大道重醇风。

秦砖文有尽，汉瓦韵无穷。

书艺传今古，道心通地天。

雅思承硕德，健笔著雄文。

奇书存典雅，信印铸贞恒。

深悟奇思远，精临妙境通。

画印当尊古，诗书勿薄今。

翠岭邀明月，清风拂碧山。

平川生巨木，高翼展长空。

古之风日好，今者地天清。

华域千峰翠，天阳万物兴。

嫩柳知春早，苍松耐岁寒。

风暖春丛嫩，阳骄秋叶红。

风暖春山翠，阳骄秋水清。

大河腾巨浪，胜地沐新风。

万里江山秀，九州图画新。

香江腾旭日，港埠沐金辉。

碧树亲颠日，寒山依远天。

新月出高地，危崖傲劲风。

晓日雄广域，东风荡迥空。

草原观阔远，生态吐清明。

风生千树舞，涛涌万帆扬。

海味生香远，山珍聚宝多。

佳妍山河丽，熙华天地春。

林清春正好，燕逸韵尤长。

绮霞飞远汉，佳境在崇峦。

秋风荡木净，春色映山清。

秋色逼山艳，春风抱木青。

古今留胜迹，天地尽奇书。

春山多翠色，秋水蕴奇香。

泉清鸣古涧，山秀翠新亭。

风生清有日，雪落素无垠。

森盛连天绿，岩幽曲径长。

阔海群流汇，高楼平地兴。

十月光明日，九州吉瑞风。

阳地芳园茂，劲翮天海翔。

晓旭开华色，冬松傲酷霜。

朝曦开锦幕，阳地跃鸿鹏。

朝旭开朱幕，阳春绽丽花。

佳木修身直，群山爽气飞。

春风传瑞曲，节日沐丹辉。

溪水腾清气，泉源奏妙音。

东方凝大智，中夏曜神光。

家乡山水秀，园地蕙兰馨。

天涯春盛溢，江甸景昭华。

长汀冬意尽，江路晓光熹。

四序光明地，八方旖旎春。

四序辉煌业，八方锦绣天。

春雨滋灵物，朝曦映福堂。

从来山入画，当下画如山。

四方山入画，十色葩成诗。

山川金色耀，泉壑玉声欢。

江涛飞白璧，洲汕荡青飚。

秋风山外劲，春色雨中深。

荣盛春风伴，高遐日色开。

春夏清流远，雨风坚木多。

历千番恶战，赢万里长征。

心声倾正气，足迹遍偏州。

军威平四海，国运盛千秋。

武步行天道，军约律己身。

秉志千金价，佐戎一世心。

八面长城固，一声祖国亲。

威风彰正气，义士念初心。

绥安依勇士，华盛惠全民。

猛志长天窄，锐师幽壑平。

文思亲翰墨，武步蕴风神。

卫籍知刚性，才人贵大成。

万里长征险，千秋伟业雄。

营府春风至，军威虎气生。

海阔不辞细水，利来常惠群生。

芳桂清馨天地，高行化育子孙。

邃业鹏程万里，雄图书道千秋。

作今文须重古，研西画贵通中。

善念自明高道，良筹常惠群生。

翰海万千重墨，岭巅千万层书。

真性原通大运，仁心更固鸿基。

贤德堪称典范，景功长惠子孙。

雄鸡报晓歌宏业，彩凤舞春呈妙姿。

四方歌叹辉煌业，十色圆成锦绣天。

中州美景堪称胜，时代丰功无愧奇。

韶光普照千般顺，景运频来万业兴。

清门翠院春风至，福地金光旭日辉。

一对琳珉留倩影，无双龙凤缔良缘。

弦管婉谐新岁乐，山河壮美盛春来。

旭日增辉天织锦，春芳吐艳地生香。

酒美肴鲜香十里，窗明几净乐千家。

儿孙孝爱门庭耀，德业圆成仕道长。

青莲出水多贞韵，白璧映天邀远祥。

宁心若水和为贵，硕量之怀德乃先。

耀天地一流人物，冠古今千载文章。

丁年励志求真见，酉室藏书得大观。

心明眼亮通宏道，叶茂根深葆盛年。

名牌誉满八方地，雅品功泽四海宾。

海阔天空凭志远，时乘道畅愈心明。

十分汗水千秋业，八面江山万里春。

著书不为增名利，兴业恰如储玉金。

矜肃贡忠邪恶怵，平虚守善美祥临。

处世交朋须笃厚，谈言措语总诙谐。

五味酸甜咸辣苦，一身忠善智真勤。

年高心少勤而敏，位重人谦善且真。

远行为学近为用，横看成岭侧成峰。

郑重作书书载道，大全师法法为基。

画印兼融成妙趣，诗书合化更通神。

书声墨韵皆良友，家范邦经真益人。

法书淳美留胜迹，翰薮雄华壮大观。

十全艺德开新界，一若术阡通大观。

一方净土传高道，三尺平台尽苦心。

玉砚磨穿成妙字，山巅攀越见贞心。

雄放汉风扬正气，遒华隶字寄豪情。

葛天奇丽说无尽，艺道幽深展大观。

玉色随时皆入画，兰心有意更传情。

隶字雄强呈逸气，书风纯正绝妖姿。

雅墨从来多古意，耽思势必开新篇。

正大书风孚众望，浑雄画作撼吾心。

孰以贞恒求古法，吾凭正大尽初心。

佳句盈篇书有味，纤毫成笔墨生香。

钟繇故里迎尊客，楷体源头探古风。

兰亭之会通今古，墨韵相承见性情。

耽书艺苑心方醉，染翰儒斋手自香。

柳谙凡尘知俯首，杨随苍宇自端身。

风和波动踪成趣，日丽莲清境是仙。

雅水雅山寻雅士，嘉花嘉木乐嘉宾。

翠院风和花正丽，明堂气静语生香。

地天之妙书无尽，冬夏其时学正勤。

崇岳坚然雄广域，香棠卓尔盖群英。

风调雨顺催荣木，水秀山清胜玉宸。

儿欢郊外清流涧，吾慕山中雅士居。

驱驾寻幽餐秀色，晞阳卧绿赏奇书。

英名不朽功垂世，好梦成真责比山。

己身守正扬英气，亥步登高放逸歌。

万众雄心兴伟业，三军壮志建奇功。

强军跃起乾坤功，勇士前行贼寇惊。

登高泼墨醑讴盛世，望月抒怀雅聚中秋。

丁年励志春秋问道，酉室藏书天地寻源。

德善之家四时新象，安康为宝满院祥光。

嘉愿随心鸿鹏展翅，高行报德雄业擎天。

经风历雨专情笃志，鉴古开今妙笔生花。

祥风喜雨民强国富，煦色韶光水秀山清。

善思善学，泰山事业；
亦爽亦和，君子作风。

红崖百丈，惊飞人速坠；
碧水千重，羡逸客闲舒。
身在长空注视风云变幻；
心萦大地思谋世界和平。
战绩千千万功名归祖国；
颂歌万万千荣誉属人民。

身怀绝技，才敢班门弄斧；
自有敏心，方能笔底生辉。

短咏真淳，歌功德可明忠义；
长评文雅，论性情尤见朴诚。
书画大观，万象盈屏传四海；
形声并茂，十年创业利千秋。

书画蕴真情，万众丹心齐向党；
诗文抒壮志，三军浩气共成城。

人民军队保卫人民誓向人民呈赤胆；
革命英雄忠于革命欣将革命代青春。

后　记

　　我对文史哲一向情有独钟，高中文理分科时，便入了文科。那时只是喜欢作些小文、现代诗歌等。同时我又兴趣广泛，亦喜欢绘画、书法。至于篆刻，是在大学期间，于艺术类国画专业开始涉足。通过理论与实践双方面努力，数年之后奠定了一些诗、书、画、印基础。近十多年来，我于以上各艺术门类均有些许新思考并付诸实践，虽侧重书法，但不敢偏废。我认为，若要在书法上有所创新，须融会贯通，因此再对中国书法、绘画历史作一个系统梳理并提取精华、阐发所思应该说很有必要。加之拟以长篇诗文表述，又不愿重复二十年前本人所撰《中国书法三字经》，所以便有了撰写《中国书画千字文》之动意。

　　具体构思与创作力争把握以下四个标准，即本《千字文》原文前所标注的四句话：按朝代论书画阐释演变，各时期代表者基本呈现，为节奏便诵读一韵到底，拟古人千言文重字不见。首先，《中国书画千字文》探讨书画历史发展，涉及每一时期代表人物或经典作品，在叙述上，按朝代顺序，脉络便清晰而不乱。当初拟按年代来写，做到"时序不乱"，但经过再三斟酌，推翻了原有想法。因为一些艺术家之间存在这样或那样的关系，或师承，或齐名，或理念相一，或风格相悖等等，可归纳阐述，若简单按出生年代平铺直叙未免僵化。第二，我最初拟定"典范不欠"，此处典范乃指具有代表性之艺术家或作品。然而，中国书画，源远流长，名家辈出，精品无限，此文仅千言，未必能囊括所有典范，唯尽量将各时期最杰出者基本呈现出来。或睹人思作，或睹作思人，或睹事思人。第三，"千字文"乃四言诗，但其不同于格律诗用韵用调之严格。南朝周兴嗣《千字文》中许多地方不仅以仄声押韵，并且变韵。通过努力，此文做到了一韵到底，不仅为挑战自己，也为增强诗文可读性与欣赏性。第四，依"千字文"之规则，重字不可出现，此一大难题也。在初稿完成时，经过认真核查，居然有重字二十余个。本来每字选用就慎之又慎，几乎没有回旋余地，面对重重困扰，重新调整心路，逐字斟酌，真可谓牵一发而动全身，每每为一字之精而不惜数十番推敲。经过缜密构思，反复调整，终于在兼顾其他规则之同时解决了重字问题。

在构思过程中，有一具体问题颇难定夺。即一些在书与画双领域皆极具影响力之大家，论述时是取书舍画，或是取画舍书，或是二者一并阐述，或是二者分述，无论如何安排感觉均有遗憾之处。因为此文是按先书后画进行的，即针对每一朝代先论书再论画。无奈之下最终以分述撰写，初读疑似重复，实则达到了强化之效。比如明代书画家徐渭，先以"奇渭跌宕"一句，描述徐渭书法字势奇宕，之后又在"藤激阳闲"处以"藤激"描述徐渭（号青藤老人）绘画激越狂放。又如明代书画家董其昌，先以"其昌励志，才溢笔酣"描述他工于诗书，笔畅墨酣，之后又在"华亭顾始"处，将他以"华亭画派"标志人物身份再进行描述。

另有一点必须提及，即文中偶有特意打破朝代限制之处。如写到《爨宝子碑》与《爨龙颜碑》两件名品时，据历来书法研究者之习惯，常将其一起论述，故成句"雄崛二爨"。

事实上"二爨"并非同一朝代,《爨宝子碑》为东晋时期作品,而《爨龙颜碑》刊刻于南朝刘宋时期。另如,在描述北齐画家曹仲达时,将其与唐代画家吴道子相提并论,一言蔽之:"曹衣吴带"。因曹、吴二君在处理衣裙褶纹时各有独到之处,前人惯有"曹衣出水,吴带当风"之说,我亦沿用此法,虽有违撰写规则中"按朝代论书画"一款,但自以为在形式与内容关系上,形式应服务甚至服从于内容。

具体撰写中我还十分注重以下几点:第一,追求词句优美。在尊重历史的前提下尽量使之具有文学性,以增强感染力。第二,力避生僻文字。为亲近读者,表述上不故弄玄虚,不故作高深,便于阅读,并且使人读懂知晓。第三,侧重每人特点。文中涉及诸多艺术家,若一一描述其艺术技巧、风格特征等,既易单调,亦易技穷。比如,谈到蔡襄时,写其生性笃厚,并未提及书法造诣。蔡襄名列"宋四家",书法水平自不待言,只是"苏黄米蔡"中,旧有"蔡"乃"蔡京"之说,但因蔡京为著名奸臣,堪称"六贼"之首,为人不齿,故而蔡襄被推崇并取代之。第四,倾心一字之精。在字词推敲上,我曾投入较大精力,争取做到语言精练,含意深刻。如写到傅山,原句"傅山绕缠",突出傅山点画回旋之书法特征;后来改为"晋傅缠绕",点明傅山乃山西人氏;最后改定"医傅绕缠"。傅山不仅以学养、书画名世,同时他还是一位名医,此常被人忽略。傅山钻研医术,在哲学、儒学、医学、美学、书画诸领域,善思善悟,兼容并蓄,故能大成,堪称后世之楷模。

回想经年酝酿及数日撰写之过程,时而千难万阻,忧郁纠结;时而曲折迂回,豁然开朗;时而左右逢源,得心应手。

短短千言，耗纸无数。虽历茶饭不思、夜难成寐之焦灼，然信念在胸，苦中寓乐。彼时成稿，颇感欣慰！

之后，在诸多师友及同道建议下，又经近一年之努力，为该千字文做了韵释及详解，以期对中国书画史有更加详尽之解读。韵释也做到了一韵到底，并力求表达明晰，句式工稳，语言精当。详解不仅对原文中较难理解之字词予以解析，还重点对所涉及书画家生平及其艺术等进行了较为深入之介绍与阐述。

在《中国书画千字文》所有文稿撰写过程中，承蒙书法界、美术界、诗词界、考古界、文字界、篆刻界等诸多良师益友真诚指教与鼓励，虽未能一一拜谢，但内心充满感激！八十余高龄当代著名学者、诗人周笃文先生不嫌我之愚蒙，欣然为本书作序，鞭策后学，我之敬仰、感恩之情更是无以言表！

此外，于日常工作、学习、创作之余，兴之所至，亦作些小诗及对联，今一并整理呈献于此。由于本人学浅才疏，加之于繁杂事务及书画篆刻研习创作耗时甚多，潜心典籍不足，书中谬误及粗陋之处难以避免，诚请诸位方家道友斧正赐教！

张继于北京融斋